마음의 여백

새랑 노경자

부산대학교에서 조선시대 왕실 한글편지 연구로 문학박사학위를 받았다. 현재 부산대학교에서 강의하며 논문을 쓰고 있다. ≪현대수필≫로 등단하여 문학 활동을 하고 있으며 글쓰기 공동체 백년어서원에서 계간지 <백년어>를 만들고 있다. 2023년 우수출판콘텐츠 선정작 조선시대 한글편지 에세이: 『일백 권에 쓴다 한들』, 수필집: 『세상 밖의 세상』, 『살아보니 콩닥콩닥』, 『별뉘처럼 오신 당신』 등이 있고, 정과정문학상, 윤선도문학상 등을 수상했다. 활자와 산책하는 것을 좋아하며 가끔 멍때리기를 즐긴다.

nserang@naver.com

마음의 여백

초판 1쇄 인쇄 2024년 7월 15일
초판 1쇄 발행 2024년 7월 30일

지 은 이   노경자
펴 낸 이   이대현

편   집   이태곤 권분옥 임애정 강윤경
디 자 인   안혜진 최선주 강보민
기획/마케팅 박태훈 한주영

펴 낸 곳   도서출판 역락
주   소   서울시 서초구 동광로46길 6-6 문창빌딩 2층(우-06589)
전   화   02-3409-2055(대표), 2058(영업), 2060(편집) FAX 02-3409-2059
이 메 일   youkrack@hanmail.net
홈페이지   www.youkrackbooks.com
등   록   1999년 4월 19일 제303-2002-000014호

ISBN 979-11-6742-760-1 03810

부산광역시 BUSAN METROPOLITAN CITY   **부산문화재단** BUSAN CULTURAL FOUNDATION

본 도서는 2024년 부산광역시, 부산문화재단 <부산문화예술지원지원사업>으로 지원을 받았습니다.

노경자 에세이

마음의 여백

역락

하루 동안 우리는 무수한 것들을 보고 듣습니다.

살아가면서 스치는 인연까지 더하면

수많은 사람과 연(緣)을 맺기도 합니다.

슬쩍 곁눈질로 스쳐 지나가거나

때로는 자기장에 끌리듯 마음이 가기도 하지요.

오랜 시간 동안 활자와 친하게 지내면서

희로애락을 배웠습니다.

하얀 여백에 검은 활자들을

때로는 거꾸로 보고 뒤집어 보고

바꿔보고 마주 보면서

삶 역시 마음가짐에 따라 달라짐을 알았습니다.

어느 날 문득

자신과 마주할 때가 있습니다.

그렇게 마음 챙김 하는 동안

살아있음에, 살아갈 수 있음에 감사했습니다.

세상을 향해 나갈 다섯 번째 책은
몇 년 동안 쓴 글을 엮은 것입니다.
그저 작은 바람이라면
아무 페이지를 펼쳐도
따뜻한 온기 한 줌을
느낄 수 있었으면 좋겠습니다.

새랑 노경자

차례

2장 ——— 시간여행

3장 —— **멈춤**

4장 ——— 무경계

5장 ——— 두루별이

1장

상상

온기 한 줌

하늘의 별은 밤에만 빛을 낸다고 합니다. 별이 유독 빛나는 이유는 캄캄한 어둠이 친구가 되어 주기 때문에 빛으로 고마움을 전한다고 합니다. 그리고 수많은 외로운 사람에게 친구가 되어 주기 위해 별이 빛난다고 하지요.

별을 올려다보며 생각해봅니다. 사랑도 이별이 있어 슬프고도 아름다운 것이라며 스스로 토닥거려봅니다. 나이가 들어가면 갈수록 이별의 경험을 참 많이도 하면서 살아갑니다. 사랑하는 사람들을 한 명씩 떠나보낼 때의 심정을 겪어보지 않는 사람은 모를 것입니다.

열 살 때, 처음으로 이별을 경험하였습니다. 잠결에 들었던 아버지와의 영원한 이별은 마냥 꿈에서 일어나는 일인 줄 알았습니다. 서럽게 우시는 어머니의 눈물 때문에 곁에서 울었는지도 모릅니다. 며칠 동안 사람들로 북적거렸던 집도 일가친척들이 모두 각자의 집으로 돌아가자 적막함 속으로 빠져들었지요.

모든 시간이 멈추듯 슬픔의 기운만 맴돌았습니다. 설상가상으로 가족들은 뿔뿔이 흩어졌습니다. 하나둘 집을 떠나가는 형제들을 보면서 외로움도 커져만 갔습니다. 어머니와 단둘이 남겨졌을 때 커다란 기와집이 밤이면 참으로 무서웠습니다. 나 역시 시간이 흘러 도시로 나와야만 했습니다. 그 넓은 기와집에 어머니 혼자 덩그러니 남았지요. 남겨진 자의 마음을 너무도 잘 알았기에 밤마다 고향 쪽 하늘을 바라보며 눈물을 훔치곤 했지요. 그래도 괜찮았습니다. 명절이면 뿔뿔이 흩어진 가족들이 고향 집으로 다 모였으니까요.

이별은 또 다른 만남을 예고한다고 하지만 야속한 헤어짐은 시간이 지나도 가슴 한구석이 저며 듭니다. 시간이 흘러 사랑하는 가족들이 하나둘 세상을 떠나갔습니다. 그때마다 환영을 보기도 했습니다. 그러는 동안 죽음에 대한 철학이 조금씩 자라기 시작했습니다. 그렇다고 해서 슬픔이 줄어드는 것도 아니었습니다. 슬픔은 참으로 이상했습니다. 견딜만할 것이라고, 감정도 점차 무딜 것이라고, 하지만 생각과는 달리 점점 힘들어졌습니다.

몇 년 전에 어머니마저 세상을 떠나실 때는 하늘이 무너지는 느낌이었습니다. 뭐라고 표현할 수 없을 정도였습니다. 눈이 퉁퉁 붓도록 울기도 하고, 물 한 모금조차 목구멍으로 넘기지 못했습니다. 바람 한 줄기에도 쓰러질 것 같은 시간이었습니다.

사십구재를 지내는 동안 일주일 간격으로 어머니를 모신 절에 다녔습니다. 어머니는 막내딸이 안쓰러웠나 봅니다. 꿈에 나타나서 목구멍에 박혀 있던 돌덩이를 토해내게 했습니다. 신기하게도 다음 날 아침에 밥을 먹을 수 있었습니다. 사십구재 마지막 날 밤, 어머니는 꿈에 나타나 말없이 바라보다 떠나가셨지요. 꿈속이었지만 알았습니다. 이제는 정말 어머니와 이별을 해야 하는구나, 너무나 슬펐지만 울지 않으려고 했습니다. 가벼운 발걸음으로 가시도록 웃으면서 손을 흔들었습니다.

요즘은 밤하늘을 올려다볼 때는 별뿐만 아니라 달을 바라봅니다. 한 달 동안 밤하늘을 지켜보면 달의 성장과 소멸 그리고 탄생을 읽을 수 있었습니다. 인생도 그런 것이 아닐까요. 인간 세상에 태어나 한 세상 살다가 죽고, 또 다른 생명이 태어나 살아가는 것이겠지요.

앞으로 살아갈 시간이 얼마나 남았는지 잘 모릅니다. 나뿐만 아니라 주위의 사람들에게 따뜻한 온기 한 줌 주면서 살아가려 합니다. 어느 순간 떠나더라도 남은 사람에게 슬픔보다는 그들이 살아갈 수 있도록 행복 한 조각 남기고 싶습니다. 눈물보다는 미소를 짓게 말입니다.

그래서인지 작은 실수에도 너그러워졌습니다. 살아가면서 수많은 일이 일어날 텐데, 이런 일로 서로에게 마음의 상처를 남겨주고 싶지 않았습니다. 사랑만 주기에도 너무나도 짧은 시간입니다.

인생이 그래도 살아갈 만한 이유는 바로 사랑이 있기 때문입니다. 부모님한테 아낌없이 사랑을 받았었고, 부모님이 떠난 자리를 대신에 한 사람이 그 사랑을 지켜주었습니다. 지금까지 받았던 사랑을 아이들에게 혹은 주위 사람들에게 나눠줄 수 있으면 그것만으로도 족합니다.

거창한 것보다 소박하지만 따뜻한 사랑을 한 번 꿈꾸는 것도 괜찮지 않을까요. 사랑이 때로는 아픔을 주기도 하지만 살아가는 시간을 견딜 수 있게 하는 버팀목이 되기도 하기 때문입니다.

상상력이 던진 인문학적 질문

저녁을 먹고 나면 산자락에 마련된 체육공원으로 길을 나선다. 그곳까지 가는 길은 어두운 진초록 빛의 산길이다. 가로등이 은은한 빛을 뿜어낸다. 양옆으로는 나무들이 일렬로 줄을 맞추고 있었다. 그 나무 아래로 들풀이 수북하게 자라고 있었다. 풀빛의 푸름은 벌레를 불러오고, 밤의 고요함을 깨뜨리는 풀벌레와 귀뚜라미 소리는 가을 밤 정취를 자아낸다. 발아래로 스쳐 지나가는 바람과 가을 전령사들의 소리를 즐기며 올라가는 길은 그야말로 상쾌함 그 자체다.

밤 산책은 하루를 마무리하는 의식처럼 거의 매일 반복되었다. 그런데 소소한 즐거움이 어느 날 여지없이 사라져 버렸다. 박꽃처럼 환한 억새꽃의 하늘거림도 질경이들의 너울거림도 흔적 없이 사라져 버린 것이다. 무엇보다 소리가 없어졌다. 아니, 정확히 말하면 소리는 있었다. 단지 사람들 가까이에서 울어대는 소리는 저만치 산언덕 위로 올라가 있었다. 어찌 된 것일까? 수소문 끝에 답을 알아냈다. 공공근로사업으로 길가의 풀이며, 산 언덕배기의 들꽃과 풀이 말끔히 사라져 버린 것이다.

작년 이맘때는 언덕배기에 화려한 코스모스가 한들한들 피어 있었다. 달빛 아래 비치는 그네들의 모습에 코스모스의 전설을 아이들에게 들려주었다. 그러나 지금은 맨살을 드러낸 언덕배기의 오돌거림과 모가지가 잘린 마른 풀만이 진한 향을 뿜어내고 있을 뿐이었다.

위로가 필요했다. 붉게 불타는 가을은 등산하기에 참 좋은 계절이다. 새벽 숲길에서 밤새 촉촉이 젖은 풀잎들을 볼 수 있다. 오솔길에 흩어져 나뒹구는 도토리들을 보면서 걷는 것이 하루를 여는 작은 행복이다. 산이란, 오르는 즐거움이다. 경사가 진 곳은 조심하고, 평평한 길은 조금 느긋하게, 그렇게 오르다 보면 정상이 보인다. 그래서 내려오는 길에는 좀 더 편안한 마음을 가지고 내려올 수 있다. 반대편에서 오는 사람을 위해 잠시 발길을 멈추고 옆으로 살짝 비켜주는 배려가 오솔길에는 있다. 그런데 언제부턴가 오솔길은 몇 사람이 오갈 수 있도록 넓어졌고 경사진 곳도 나무계단이 차지하고 있었다. 나아가 케이블카가 설치되어 사람들을 산 정상까지 나른다.

몇 년 전 읽었던 『기적의 사과』(이시카와 다쿠지)에 나오는 기무라씨가 떠오른다. 기무라씨는 사과 농사를 무농약으로 재배한다. 그는 '바보가 되면 좋다.'고 한다. 그가 말한 바보는 이렇다. "사람이 살아가기 위해서는 경험과 지식이 반드시 필요하다. 때문에 세상에서는 경험이나 지식이 없는 사람을 바보라고 부른다. 그러나 사람이 진정으로 새로운 뭔가에 도전할 때 가장 큰 장벽이 되는 것 역시 그 경험과 지식이다."

무농약을 고집했던 기무라씨는 9년 후에야 사과꽃을 볼 수 있었다. 그는 말한다. "잡초를 그대로 두면 양분을 빼앗겨 더 약해질 줄 알았던 거야. 하지만 잡초가 흙을 일궈주는 거야. 잡초는 잡초대로 자기 역할을 다했는데 내가 편견을 가지고 사과나무를 바라봤던 거야. 나무만 보고 숲은 못 본 거지. 난 오로지 사과나무만 본 거야. 사과나무는 사과나무 혼자서만 살아갈 순 없어. 주변 자연과 어울리며 살아가는 생물이었던 거지." 그러면서 인간도 자연과 어울리면서 살아가야 하는데 그걸 잊어버리고 자기 독자적으로 살아가는 줄 알고 있다고 하였다.

녹색이 주는 이미지는 싱그러움이다. 녹색은 자연과 인간을 연결해주는 소통의 고리이다. 자연이 인간에게 주는 혜택을 생각해보라. 그 많은 혜택을 감사히 받아들여야 한다. 자연을 위해 인간들도 그들의 마음을 읽어야 한다. 자연의 넓은 도량을 우리 인간들은 자꾸만 잊고 산다. 자연은 수백 년의 세월을 보내지만 우리는 길어야 백 년을 살까 말까 한다. 우리가 또다시 돌아갈 곳 역시 자연의 품이다. 그런데 자연을 생채기 내고 허물고 무너뜨리려 한다. 좀 더 나은 자연경관을 꾸민다는 명목하에 자연의 훼손을 마다하지 않는다. 그리고 계산기를 두드린다. 문화 수입은 얼마나 될 것이고 인간에게 돌아오는 물질적인 혜택이 얼마나 되는지 빠르게 머리를 굴린다.

문명의 발전이 우리에게 편리함과 이익을 주는지 잘 알고 있다. 지금 글을 쓰고 있는 나는 노트북의 편리함에 익숙해져 있다. 세탁기가 빨래해 주고 건조기에서 옷을 말려준다. 핸드폰으로 연결되어 원하는 시간에 청소기, 보일러, 조명 등을 제어할 수 있다. 팔목을 많이 쓰는 내게 그들은 고마운 존재이다. 과학기술의 산물은 자유와 사유의 시간을 그리고 글 쓰는 시간을 주었다. 시간적 여유는 다른 곳으로 눈을 돌리게 해 주었고 더 많은 것을 상상하고 끊임없이 만들수 있게 해 주었다.

얼마 전, 학교에서 '메타버스의 교육적 활용'의 주제로 특강을 듣게 되었다. 메타버스(metaverse)는 메타(meta, 가상, 초월)와 유니버스(universe, 우주)의 합성어다. 메타버스는 가상현실을 한 단계 끌어올린 것으로 아바타를 이용하여 사회, 경제, 문화 활동까지 이루어지는 온라인 공간이다. 일부 대학의 학장들이 메타버스를 수업방안으로 활용하자는 요구가 많았는데, 정작 메타버스에 종사하는 연구자들은 부정적이다. 왜냐하면 메타버스가 가상의 공간에서 소통할 수 있게 만드는 시스템이지만 당장 교육적으로 활용하기에는 아직 풀어야 할 숙제가 많기 때문이다.

과학혁명은 인류에게 위험할 정도로 초인적인 힘과 실질적으로 무한한 에너지를 갖게 해주었다. 그렇다면 우리는 과학혁명 이전의 삶보다 더 행복해졌을까? 아리스토텔레스에 의하면 행복은 우리가 삶에서 추구하는 것 가운데 가장 좋은 것, 즉 최고의 선이라고 했다. 그런데 과학혁명 이후의 삶을 들여다보면 그다지 행복한 것 같지 않다. 물론 과학과 산업의 발전은 이로움도 있다. 하지만 해로움 역시 함께 있는 것도 사실이다. 자연과 인간, 인간과 과학, 인간과 인간의 관계 속에서 어느 하나를 선택할 수 없다. 이 때문에 인간은 끊임없이 세상의 진실을 알기 위해 철학, 과학, 인문학을 연구했다. 인간의 상상력은 과학으로 넘어가 실험하고 검증하며 현실로 나타났다. 문명의 발전이 가져다준 허와 실 속에서도 우리는 인간과 관련된 근원적인 문제를 탐구하는 일을 멈추지 않는다.

자연과 인간, 인간과 인간이 어떻게 조화롭게 살아가야 할까. 수많은 생명체가 어울리며 살아가듯 인간 역시 혼자서는 살아갈 수는 없다. 함께 살아가는 세상이다. '진정 얻으려는 하는 것이 우리가 잃어가는 것보다 더 소중한가?'라는 물음에 관한 대답은 우리의 생각과 의지에 달려있다.

바람이 분다.

선뜻선뜻 날아가는 소리가 기분 좋게 들리는 밤이다.

몽환의 변주곡

나는 나무다.

오랜 시간 동안 대지의 자궁에서 자양분을 받으며 꿈을 꾸었다. 꿈인가 했다. 그날도.

바닷물이 두 갈래로 펼쳐진 길을 따라 걸었다. 생각했던 것보다 세상은 너무 넓었다. 하늘을 뒤덮어버린 나무들이 끝없이 펼쳐져 있었다. 어두운 녹색의 길을 걷고 축축한 안개를 맞으면서도 걸었다. 마침내 더는 걸을 수가 없었다. 걸음이 멈춘 세상에서 싹을 틔웠다. 나뭇가지 사이로 떨어지는 빗물을 놓치지 않으려고 부지런히 입을 벌렸다. 잎사귀 사이로 스며드는 햇살의 옷을 입기 위해 몸을 움직여야 했다.

바람은 나의 스승이었다.

물을 받아먹는 법을 처음으로 내게 알려주었고 햇살의 옷을 입는 법을 스치듯 전해주고 갔다. 바람이 일러주는 대로 수많은 나무 사이에서 최선을 다해 하루하루를 버텼다. 또, 딱, 또, 딱……. 나는 시간의 흐름 속에서 한 뼘씩 자랐고 가지마다 푸른 잎사귀를 한껏 펼칠 수 있었다. 세상에 대한 호기심은 하늘을 향해 과감하게 손을 뻗을 수 있는 용기를 주었다. 언젠가 저 하늘을 붙잡을 수 있는 날이 올 것만 같았다.

숲은 사계절과 공존한다. 봄이면 가지마다 연둣빛의 작은 눈꽃이 피어난다. 그러나 여전히 바람은 차가웠기 때문에 몸을 움직여야만 했다. 어느새 산들바람이 되어버린 바람에 나무들은 더욱 초록으로 변해 가기 시작했다. 덤부렁듬쑥한 숲에서 자주색 제비꽃이 피어났다. 물웅덩이 옆에는 수선화가 노랗게 피고 하늘은 점점 파란 빛으로 물들어 갔다. 바람을 붙잡으려고 가지를 뻗어 보지만 바람은 놀릴 듯 잘도 빠져나갔다. 심심한 나는 고개를 숙여 키 작은 꽃들을 내려다보거나 새들에게 가지를 흔들며 장난을 걸기도 하였다.

매미들의 소란스러운 소리가 없다면 시간이 멈춰 버렸다고 생각했을 것이다. 덤불과 잡목숲은 점점 초록빛으로 덧칠 중이다. 이끼 낀 바위와 돌짬 사이로 바위취가 그늘을 만들었다. 무당벌레가 꾸벅꾸벅 졸고 등짐 진 개미가 숨을 골랐다. 벌들은 꽃들 사이로 날아다니며 사랑을 취한다. 숲이 다시 살아났다. 잎사귀가 커지고 하늘은 점점 멀어진다. 나는 다가갈 수 있을 것만 같은 하늘을 향해 가지를 뻗고 또 뻗었다. "덩치 큰 나무야. 가지를 조그만 들어줄 수 없겠니?"

애원해보지만 꿈쩍도 하지 않는다. 그래도 포기할 내가 아니다. "바람아, 조금 옆으로 밀어주겠니? 아, 조금만 더, 더. 아, 됐어. 맙소사! 하늘이 도망가 버렸잖아."

요란하게 숲이 흔들렸다. 천둥소리와 함께 후드득, 후드득 비가 쏟아져 내렸다. 빗물은 키 큰 나무들의 잎을 타고 끝없이 아래로 내려갔다. 이끼들은 물을 받아먹느라 정신이 없었고 새들은 둥지 속으로 숨어들었다. 가지 하나가 '뚝' 하고 부러졌다. 순식간에 일어난 일이라 다른 나무에서 떨어져 나간 것으로 생각했다. 깜깜하기만 했던 숲이 무지개를 그리며 반짝반짝 햇살을 돋으며 밝아졌다. 숲이 다시 살아났다. 움실거렸다. 오! 이런. 내 몸 한 곳에서 하얀 진물이 빗물과 함께 흘러내리고 있는 것을 볼 수 있었다.

붉은 석양에 숲은 점점 물들어 갔다. 나무마다 화려한 꽃을 달고 보름달이 뜬 날, 숲은 축제를 시작한다. 열매를 땅에 떨어뜨리고 가지를 흔들며 춤을 추었다. 꽃들도 덩달아 움직였다. 어떤 꽃들은 휘청거렸다. 가지에서 떨어져 나간 꽃잎들이 바람에 날렸다. 하지만 그믐이 될 때까지 축제는 계속되었다. 이제 꽃잎들도 얼마 남지 않았다. 열매들은 땅 위로 떨어지기도 하고 땅속으로 파고들기도 했다.

바람이 다시 돌아왔다. 빈 가지 밖에 남아 있지 않은 나무들을 돌아가며 휘파람을 불었다. 조용하고 구슬픈, 때론 울부짖다가 그러다가 갑자기 뚝, 시간이 멈춰버렸다. 바람도, 나무도, 나도 지칠 대로 지쳤다. 졸음이 몰려왔다. 숲은 긴 시간 동안 깨지 않고 잠을 잤다. 가끔 다람쥐가 소리를 들으려고 나무에 기대어 보지만 이내 자신의 동굴 속으로 들어가 버렸다. 노루가 잠시 산책 나와 한참 동안 나무를 올려다보기도 했다.

안개가 자욱하게 낀 새벽녘, 나무들은 속살을 파고드는 물줄기에 파르르 몸을 떨었다. 햇살이 빈 가지 사이로 비췄다. 아침이 오고 있었다. 눈을 떴다. 나무였던 내가 사람의 모습을 하고 있었다. 꿈이라고 생각했다. 왜냐하면 꿈속의 나는 물속에서 헤엄을 치고 끝없이 앞으로 나아가고 있었기 때문이다.

세상의 풍경도 세상의 소리도 낯설었지만 흥미로웠다. 더 넓은 세상으로 나가더라도 모든 것을 잘 할 수 있을 것만 같았다. 약간의 두려움이 있었지만 호기심이 더 강했다. 처음 접한 세상은 신세계였다. 한 걸음 한 걸음을 옮길 때마다 가슴이 요동쳤다. 저 문을 열고 들어가면 나를 반기는 무언가가 있을 것만 같았다.

문을 열고 들어간 세계! 낯설었지만 내가 살아갈 곳이다. 나와 같은 아이들을 만났다. 학교와 골목, 우리가 지나는 모든 곳이 놀이터였다. 막대기 하나, 돌멩이 하나, 풀잎 하나도 우리는 놀이기구로 만들 수 있는 천재적인 소질을 보유하고 있는 것이 틀림없다. 호기심 어린 눈들이 이곳저곳에서 빛났다. 하지만 시간이 흘러갈수록 모든 게 시들해졌다. 그리고 아무도 내게 관심을 주지 않았다. 가끔 실수

하는 날에는 아주 잠깐 관심을 보이기도 했다.

하지만 나는 아랑곳 하지 않고 내게 부여된 의무를 충실히 해 나갔다. 먼저 사람들에게 다가가 어울렸다. 새로운 사람을 만나고, 가정을 꾸리고 새로운 곳에 다니면서 그 시간을 즐겼다. 영원한 시간이었고 영원히 지속될 행복이었다. 아마도 그때는 그렇게 생각했다.

나는 미처 보지 못했다. 문을 열고 들어선 세계를 보느라 발견되지 못한 저것을 말이다. 문 안쪽 위에 커다란 벽시계의 존재를, 한시도 멈추지 않고 움직이는 시곗바늘을……. 시련을 겪고 아픔을 겪었다. 그러나 이 모든 것은 감내해야 할 부분이었고 감내할 수 있는 것이었다. 그렇지만 시간은, 죽음의 이별은 내가 어쩔 수 없는 것이었다. 그렇다. 어찌할 수 없는 일이었다. 하지만 세상을 향해 나왔으니 이곳에서 어울리며 축제의 시간을 즐기며 지내련다. 지치면 숨을 고르기도 하면서, 그러다 힘들면 깊은 잠을 잘 것이다. 아주 오랫동안 달콤하고 너무 꿈같은 잠을 오래, 오래도록 잘 것이다.

잠풍이 분다.

나무가 잠풍에 살포시 안겼다.

기다림은 행복

우리는 늘 무언가를 기다린다.

기다림은 설렘도 가져다주지만 때로는 긴 시간 동안의 지루함을 주기도 한다.

생텍쥐페리가 쓴 『어린 왕자』에서 어린 왕자는 길들지 않은 여우를 만나게 된다. 어린 왕자는 길들인다는 것을 잘 모른다. 그래서 왕자는 여우에게 길들인다는 것이 무엇인지 물어본다. 여우는 길들인다는 것은 '관계를 만드는 것'이라고 답했다.

여우는 어린 왕자와 친구가 되고 싶었다. 여우는 친구가 되기 위해서 자기를 길들여 달라고 어린 왕자에게 부탁한다. 그리고 여우가 어린 왕자를 4시에 만난다면 3시부터 기다리겠다고 하였다. 왜냐하면 어린 왕자가 오후 4시에 온다면 자기는 3시부터 행복해지기 시작하기 때문이라는 것이다. 여우에게 기다림은 행복이다.

기다림이 행복이라는 여우의 말에 한참을 생각했다.

나는 매일 기다림 속에서 시간을 보내는 것 같다. 설렘의 시간도 있었지만 거의 지치도록 긴 지루한 기다림이 더 많았다. 그래도 그나마 위안이 되는 것은 언젠가 기다림의 끝이 온다는 것이다. 인생도 그런 것이 아닐까. 기다림에서 시작하여 기다림으로 맺어지는 시간들의 이어짐이 아닐까.

문득 기다림에 대해 생각해보는 저녁이다.

어둠이 창밖을 점령한 지 이미 오래다.

하늘에는 별 하나만이 빛나는 저녁, 아직 돌아오지 않는 가족을 기다리면서, 기다림은 때론 지독한 외로움일 수도 있겠구나, 생각하다 찻물을 끓인다.

찻잔에 찻잎을 넣는다.

물을 붓는다.

현관문으로 익숙한 발걸음 소리가 들린다.

기다림이 설렘이 되는 순간이다.

그냥

그냥이라고 말해도 좋을 단 한 사람만 있다면 나는 행복하겠다.

언제부턴가 목적 없이 갑자기 만나는 게 좋다.

약속을 정하고 나면 계속 신경이 쓰인다. 다른 일을 집중할 수 없다. 잊어버리지 않도록 달력에 꼼꼼하게 적어놓거나 핸드폰에 알림을 설정해 놓아야 안심된다. 그래도 약속을 지켜야 한다는 부담감을 떨쳐버릴 수가 없다.

전화도 흔하지 않았던 시절에 소통할 수 있는 것은 편지였다. 전보가 아닌 이상 편지는 며칠씩 소요되었다. 일주일 후에야 답장을 받을 수 있던 그 시절은 약속을 미리 해 놓아야 한다. 약속이 있는 날에는 별일이 없어야만 한다. 연락이 쉽지 않았기 때문이다. 음악다방에서 만나기로 했는데 갑자기 일이 생기면 그나마 그곳에 연락하면 된다. 하지만 대부분 만남은 ○○극장 앞이라든가 ○○공원 앞이었다.

때론 너무 보고 싶을 때는 무작정 집 근처에 서성거린다. 언제 올지 모르는 시간이었지만 그 시간은 설렘과 행복으로 가득 차 있었다. 저 멀리 익숙한 실루엣이 바로 만나고 싶었던 사람이라는 것을 금세 알아차린다.

그랬다.

목적 없는 만남

그냥

이유 없이

느닷없이

그냥 보고 싶어서

그냥

왜?

라는 물음에 그냥이라는 대답이 오히려 정감이 있다.

언제부터였을까.

우리는 이유와 목적을 가지고 살아간다.

분신처럼 손에 쥐고 있는 핸드폰.

단순히 전화하고 받는 것이 아니다.

우리는 언제부턴가 말을 잊어버리고 산다.

자신의 근황을 세상에 드러내거나 타인의 삶을 슬쩍슬쩍 엿본다.

보이지 않는 얼굴들이 기웃거리고 아무 상관 없는 사이인데도 자신의 삶에 간여한다.

자신도 타인의 삶에 간여한다.

그렇게 나와 타인의 경계가 모호한 지점에서 우리는 타인의 세계에 빠져들며 공존의 질서에 따라 움직인다고 생각한다.

생활의 모든 일 처리 또한 기계의 힘을 빌린다.

사람들끼리 주고받은 대화보다 화면상 안내 글을 읽고 결제한다.

직접 만나거나 연락을 해야 하는 경우는 어떤 목적이 동반할 때다.

세상에 존재감을 드러내지 않더라도 어느 날 불쑥 누군가를 떠올릴 때 그냥 연락하고 싶다.

그러다 목소리가 아니라 얼굴이 보고 싶으면 중간 지점에서 잠시라도 만나면 참 좋겠다.

"그냥, 보고 싶어서."

이렇게 말해도 말없이 웃어주는 그런 사람이 내게 있다는 것이 나는 참 좋다.

환상과 욕망

미세먼지가 잦은 요즘이다. 창을 열고 싶어도 희뿌연 바깥세상이 두려워 갑갑함을 억누르며 창문을 꼭꼭 걸어 잠근다. 틈새로 들어온 먼지 한 톨까지 공기청정기로 퇴치한다. 미세먼지와 황사 때문에 몸을 움츠리는 시간이 많아졌다. 어쩌면 이것 역시 자연의 섭리에 반하는 인간의 이기심에 대한 자연이 인간에게 던지는 노여움의 표출인지 모른다. 어찌 되었건 지금, 이 순간은 파란 하늘과 산뜻한 공기가 그립다. 그리움의 실체가 드러날수록 욕구는 점점 솟구쳤다. 오로지 한바탕 잔치를 벌이고 있는 봄꽃들이 궁금해졌다. 함께 하지 못한 시간에 대한 아쉬움 아니면 속상함일지도 모른다.

시간은 속절없이 흘러갔다. 봄꽃들의 세상이 끝날 때쯤, 여행을 떠날 채비를 하는 꽃씨들의 분주함이 공기 중에서도 확연히 눈에 띈다. 그중에서도 노란 분진 가루가 걷는 걸음마다 선명한 발자국을 남겼다. 민들레 홀씨가 공기 중에 붕붕 떠다닐 때도, 정체를 나타내지 않던 소나무 꽃가루는 조용히 자신이 뿌리내릴 곳을 찾아 착지한다. 창틈 사이, 자동차 위, 길바닥 구석, 화단 아래에도 수북이 쌓인 노란 가루들이 긴 띠를 이루고 있다. 이들은 잠시 쉬었다가 바람이 불면 자신의 짝을 찾아 다시 도약할 것이다.

한 그루이지만 암꽃과 수꽃이 서로 다른 위치에서 피는 식물을 암수한그루라 한다. 소나무는 암수한그루의 나무다. 수꽃은 새로 생긴 가지의 아랫부분에 모여서 피고 수많은 비늘 조각으로 구성되어 있다. 비늘 조각의 아랫부분에 꽃가루가 형성되는 화분낭이 있다. 암꽃은 자주색으로 가지의 윗부분에 모여서 피며, 암꽃의 아랫부분에 달린 밑씨 속에서 배낭 모세포의 감수 분열로 배낭 세포를 형성한다.

소나무의 윗부분에 자리 잡은 암꽃과 소나무 아래쪽에 자리 잡은 수꽃, 이들은 한 그루 나무에서 살지만 그들은 각자의 길을 간다. 수꽃은 바람과 새, 곤충에 의해 씨를 세상에 뿌리지만 정작 자신의 암술에는 씨를 뿌리지 않는다. 암술 역시 다른 종의 수술 씨앗을 받아 새로운 종을 만든다. 같은 종끼리의 배합은 열성인자를 낳을 수 있으므로 우수한 종을 위해서 소나무는 서로 다른 종을 찾아 맞물린다. 생존과 번식을 위해 소나무는 오늘도 치열한 전투를 치르는 중이다.

반면 문어는 많은 감각기와 뇌의 기억용량이 엄청나게 크다. 하지만 종의 번식에는 관심이 없다. 암컷은 새끼들이 부화하는 순간 죽어버린다. 수컷은 새끼들을 잡아먹거나 아예 새끼들로부터 도망쳐버린다. 소나무가 우수한 종을 위해 고군분투할 때, 문어는 우수한 인자를 가졌음에도 불구하고 후손에게 물려 줄 생각이 없으며 오히려 퇴보의 길에서 헤엄칠 뿐이다.

소나무가 생존을 위해 치열한 사투를 벌이듯, 인간도 생존을 위해 소나무보다 더 필사적으로 살아간다. 인류는 약 250만 년 전 오스트랄로피테쿠스를 시작으로 호모 하빌리스, 호모 에렉투스, 호모 네안데르탈인으로 진화해 갔다. 다양한 종이 일부 사라지거나 진화해 나갔다. 특히 호모 사피엔스가 여러 지역으로 옮겨가면서 이미 정착했던 인류의 종들이 멸종했다. 호모 사피엔스가 가지고 있는 인지능력은 생존과 번식을 낳았으며 진화에 성공한 종으로 인류에 남게 된다. 인간도 소나무도 살아남기 위하여 때론 더욱 우수한 종족 번식을 위해 필사적으로 노력한 것이다.

산에 다니다 보면, '소나무재선충 방재작업을 해 놓은 것으로 손대지 마시오.'라는 경고의 문구와 함께 잘려 나간 소나무를 비닐로 봉합해 놓은 무더기가 산비탈이나 골짜기 등에서 쉽게 볼 수 있다. 소나무가 병에 걸린 것이다. 나무에 재선충이 침입하면 소나무는 한 달 내 고사해버린다. 고사한 소나무와 재선충에 감염된 소나무를 빨리 제거해 주지 않으면 빠른 속도로 다른 소나무로 이동해버린다. 인간 역시 오랫동안 전염병으로 많은 사람이 목숨을 잃었다. 하지만 인간은 이에 굴복하지 않았고, 끊임없이 연구하고 실험한 결과 현대 의학발전을 가져왔다. 그 결과 늙음은 늦추어지고 질병을 예방하여 수명을 연장했다.

노란 송진 가루가 우리의 호흡기를 괴롭히지만 그들이 강해져야만 푸른 산을 만들 수 있다. 세상을 떠돌아다니는 그들을 이해해야 한다. 환경에 잘 적응하면서 살아남기란 결코 쉬운 일이 아니다. 소나무는 굳세고 힘이 강해지려고 진화를 거듭하는 것이 아니라, 시시각각 변하는 자연환경에 살아남기 위함이다. 그러나 우리 인간은 어떤가. 살기 위한 것보다는 더 많이 가지려고, 더 강해지려고 많은 것을 파괴하고 짓밟지는 아니한가. 아직도 전쟁 중인 나라가 있고, 자국을 위한 것이라는 포장 아래 다른 나라를 희생시키는 나라도 있다. 다윈의 『종의 기원』을 제대로 해석하지 못했던 히틀러가 고등한 인종인 게르만족을 위해 열등한 인종 유대인을 대학살 하였고 전쟁까지 불사하였다. 전쟁의 역사를 보면 여러 나라가 전쟁의 승리를 위하여 강렬한 무기를 생산하고자 했다. 이 때문에 과학자들을 불러들여 새롭고 강한 무기를 만들게 하였다.

그뿐만 아니라 인간들의 욕망과 이기심은 자연에도 예외가 없었다. 자연이 몸부림을 치는데도 아랑곳하지 않고 끊임없이 자연을 가학하는 행위를 멈추지 않는다. 인간의 끝없는 욕망으로 자연은 고통의 신음을 내뱉는다. 이상기후는 우리가 만든 현대 문명의 대가이다.

인간이 만물의 영장이요 사회적 동물이라고 하지만 자연 앞에서는
한없이 작은 종에 불과하다. 자연은 지구 곳곳에서 인간에게 경고의
메시지를 보낸다. 자연이 보낸 메시지는 인간의 이기심을 조금 내려
놓으라는 뜻이 아닐까.

의미를 찾아

세상이란 곳에 처음 발을 내디딜 때 나를 향하여 두 팔을 벌리고 서 계셨던 부모님! 한줄기 빛줄기가 일곱 빛깔의 원기둥을 이루며 축복의 꽃송이가 내려졌다.

자라면서 만나게 되는 수많은 사람과의 첫 만남, 첫사랑, 첫 직장, 첫 느낌을 떠올려 보면 마음 한구석이 뭉클해지는 것을 느낄 수 있다. 순수하고 아름답고 열정적인 순간들이 주마등처럼 스쳐 간다. 인생이란 아름답구나! 나에게도 그런 순간들이 있었구나. 그때는 참 좋았는데, 라는 생각이 들곤 한다.

우리에게 주어진 삶의 길이가 얼마나 되는지, 얼마나 많은 시간이 주어져 있는지 아무도 모른다. 자고 나면 무슨 일이 터질지, 무슨 일이 일어날지 모를 정도로 빠르게 변하는 세상에서 살아가고 있다. 순수하고 열정적이었던 마음은 이미 오래전에 사라져 버렸고 숨 가쁘게 돌아가는 세상 속으로 뛰어들어야만 한다. 그런 일들이 일상이 되어버린 지 이미 오래, 삶의 즐거움과 기쁨은 한쪽 구석 귀퉁이에 밀려나 있다.

'백 년을 사는 것보다 단 하루라도 인간답게 사는 것이 낫다.'라고 한다. 공감하면서도 그렇게 살 수 없는 게 현실이다. 어떻게 사는 것이 인간답게 사는 걸까? 어떻게 살아야 하는가? 막연하고 추상적인 말이다. 구체적으로 어떻게 살아야 하는지 모른다.

요즘은 주5일 근무로 자기만의 취미를 만들고 즐기는 사람들이 많아지고 있다. 나 역시 30대 중반까지는 직장과 가정을 위해 정신없이 뛰어다녔다. 직장에서는 젊고 똑똑한 후배들에게 뒤지지 않기 위해 더 많이 노력해야 했고, 집에서는 아직 어린아이들을 챙겨야만 했다. 그렇게 일주일을 지내고 나면 주말에는 녹초가 되어버린다. 이러다가는 더는 버틸 힘이 없다는 것을 알았다. 모든 일에 완벽함을 추구하기보다는 조금은 느슨해지고 싶었다. 밀린 빨래와 청소는 잠시 접어두고 가까운 공원을 찾거나 도서관에 들러 책을 읽었다. 복잡한 일상에서 벗어나 한적한 공원을 찾아 사색의 호수에 배를 띄우고 어부가 되기도 했다. 빽빽하게 꽂힌 책들 속에서 한 권의 책을 빼들고 도서관 한 모퉁이에 기대어 읽는 재미는 지친 영혼에 새로운 생명을 넣어 주었다. 그렇게 보낸 몇 시간이었지만 다시 일주일을 버틸 힘이 생겼다.

자기 일에 만족하며 사는 사람이 얼마나 될까. 한 언론사에서 만족도를 조사한 적이 있었는데 대부분 어쩔 수 없이 직장을 다닌다고 한다. 가족들의 생계를 책임져야 하므로 밤낮으로 일을 해야 한다고 한다. 그렇다면 가족은 그에게 어떤 존재이며 어떤 의미로 받아들여지고 있을까? 가족이 짐이라면 참으로 불행한 일이다. 지치고 힘들 때 돌아가 쉴 수 있는 곳에 가족이 있어 외롭지 않고 그들이 있어 충만한 사랑과 웃음과 기쁨을 아는 것이다. 그들이 함께하기에 우리는 새로운 에너지를 재생할 수 있을 것이고 다시 활기차게 세상 속으로 뛰어들어갈 수 있는 것이다.

지금 하는 일에 불평하기 전에, 가족이 짐이라고 생각하기 전에 생각을 바꿔보는 것은 어떨까? 주어진 일은 신이 내게 무엇인가 할 수 있음을 일깨워 주기 위한 축복의 시간이다. 가족은 나에게 온, 세상에 무엇과도 바꿀 수 없는 커다란 축복이라고 생각해보라. 그러면 어깨에 누르는 짐이 아니라 황금 햇살이 가득한 축복의 방에 있음을 느낄 것이다.

인생을 살아가는 궁극적인 목적은 행복이다. 행복하기 위해서 일을 한다. 좀 더 나은 삶을 위해, 밝은 내일을 위해 행복이라는 종착역으로 달려가는 것이다. 그곳에는 나 혼자가 아니라 가족이 있다. 하지만 잊지 말아야 할 것이 있다. 행복은 멀리 있는 것이 아니다. 지금 바로 옆에서 사소하게 일어나는 일, 익숙해져 버린 것들에게 있다.

삶을 어떻게 살아가는 것이 중요하다. 인생에서 가장 소중한 것이 무엇이며 삶의 목적이 무엇인지 찾아야 한다. 삶에서 소중하고 가치 있는 목적은 과연 무엇일까? 혼자만 살겠다고 혼자만 행복하겠다는 것이 아니라 더불어 살아가는 삶이 가치 있고 소중한 것이다. 모두에게 중요한 것이 무엇인지 알고 투자하는 것이 값진 일이 아닐까.

사회는 경쟁이 아니라 배려로 유지된다. 상대방을 먼저 생각하고, 먼저 손을 내밀며, 사소하지만 진심이 담긴 따뜻한 말 한마디에서 배려는 시작된다. 일 역시 마찬가지다. 지금 하는 일과 삶을 즐겨보자. 신이 내려주신 축복된 시간을 즐기면서 할 때 인생의 참다운 행복이 올 것이며 배려도 동반될 것이다.

우리는 언젠가 이 세상을 떠날 것이다. 주어진 인생의 시간을 즐기면서 행복하게 살다가 가야 하지 않을까.

감기

열어둔 창으로 들어오는 바람이 달콤하고 상쾌하여 밤 산책을 다녀왔습니다. 풀벌레와 귀뚜라미 소리가 계절을 알려주었습니다. 강의 물결에 왜가리 한 마리가 흔들리고 있었습니다. 갈대가 꽃을 피우는 강둑을 거닐다 당신이 생각났습니다. 언제였던가요? 당신에게 마지막으로 편지를 보낸 날이 기억나지 않습니다. 언제나 편지를 보내는 이는 나였습니다. 당신은 답장조차 하지 않지만 저는 알아요. 얼굴을 스치는 바람에서, 여명에 지저귀는 새 소리에서, 당신은 나를 기억하고 어루만져준다는 것을요. 오늘은 당신과 시시콜콜한 이야기를 나누고 싶어 몇 자 적어봅니다.

사랑

아마도 초등학교 1~2학년일 때였을 겁니다.

체육수업을 위해 운동장으로 나갔습니다. 그런데 하늘이 노래지고 온몸에 들불이 번지기 시작했습니다. 나는 어지럼과 함께 흙먼지를 일으키며 운동장에 쓰러졌습니다. 어떻게 집으로 왔는지 모릅니다.

그렇게 며칠 동안 앓았습니다.

열이 펄펄 끓었고, 붉은 꽃들이 온몸에 피어났습니다.

길고 긴 잠을 얼마나 잤는지, 땀으로 범벅된 옷을 누가 갈아입혀 주었는지 모른 체 며칠을 보냈습니다.

그리고 눈을 떴을 때 몸이 깃털처럼 가뿐해졌습니다.

사랑도 그렇게 내게 다가왔습니다.

첫눈에 반한 사랑이 있다는 것을 처음 알았습니다.

하지만 내성적인 나는 쉽게 다가가지 못했습니다. 그도 그랬을까요. 나보다 먼저 이미 나를 알고 있었고 한 달 동안 바라만 보았다고 했습니다.

살며시 내밀어 준 커피 한잔에 우리는 처음으로 마주 볼 수 있었습니다. 그렇게 우리는 오랜 시간 동안 함께 하였습니다. 때론 폭풍우 치는 날들도 있었고 몸살감기처럼 앓은 날도 있었습니다. 하지만 대체로 오전 10시에 숲길을 천천히 걷는 시간이었습니다.

사랑은 기다림에 익숙해져야 합니다.

그래야 두 사람 모두, 오래오래, 아주 천천히 함께 익어갈 수 있으니까요.

세상에 이름을 남기는 것도 중요하겠지만 사랑하는 사람에게 따스한 햇볕 한 줌을 주고 가는 것도 중요해요.

그래서 나이가 들어갈수록 곱게 익어갈 수 있게 늘 마음에 사랑을 담으려고 합니다.

이별

'이별'이라는 단어는 참으로 마음을 아프게 하는 말입니다.

살면서 얼마나 많은 이별을 하면서 살아왔을까요?

헤어진 후에 느꼈던 감정은 만남의 순간보다 더 오래 마음속에 저장되어 있습니다.

잊고 있다가도 문득문득 생각나는 것은 무얼 때문일까요?

미련인지, 아쉬움인지, 아니면 그리움인지 말로 표현할 수 없는 감정들이 섞여 있는 것이라고 할까요?

더구나 평생 곁에 있을 걸로 생각했던 사람들이 한 명씩 떠나갈 때 그 사실을 부정하고 싶은 마음이 큽니다. 그리고 꿈속에서조차 만나고 싶은, 그리워하고 보고 싶은 사람입니다.

그런데 우리는 시간이 흘러갈수록 이별을 자주 겪게 됩니다.

어느 순간, 이별과 친해지려고 하는 자신을 발견하곤 합니다. 이별은 여전히 아프지만 받아들이려는 마음이 생겨나기 시작했습니다. 나 역시 언젠가 누군가에게 이별의 아픔을 줄 수 있다는 것을 알게 되었고, 담담하게 보내 줄 수 있는 마음을 가지려고 합니다.

그런데 말입니다. 아직은 말뿐, 마음은 여전히 복잡한 감정들로 혼란스럽습니다. 부정하고 싶기도 하고 미련 때문에 흔적들을 찾아 돌아다니기도 합니다.

행복

행복의 반대말은 불행입니다.

나는 행복해지기 위해 스스로 최면을 겁니다.

욕심이 일면 덜어내는 작업을 합니다.

욕심 때문에 불행의 손을 잡고 싶지 않습니다.

욕심을 버리고 소소한 일상의 즐거움을 찾고자 하는 것이 더 행복해지는 나만의 방법입니다.

아침에 홀로 있는 시간을 참 좋아합니다.

커피 원두를 갈고 물을 끓입니다. 거품을 내며 풍기는 커피 향에 미소를 짓습니다. 커피 한 잔이 완성되면 서재로 갑니다. 그리고 의자에 앉아 천천히, 아주 오랫동안 커피를 마십니다. 책을 읽고 글을 쓸 수 있는 하루의 첫 문을 이렇게 저는 엽니다.

목이 뻐근해지면 이곳저곳에서 입양 온 반려 식물로 가득 찬 베란다로 나갑니다. 푸른 식물들이 바람에 살랑거리고 있습니다. 베란다를 서성이며 그들과 대화를 하고 잎을 닦아 주는 시간이 내게는 또 따른 행복입니다.

오디오에서 흘러나오는 음악을 들으며 차를 마시고 책을 읽고 글을 쓰는 시간이 참으로 고맙고 소중한 시간입니다.

사람을 만나는 것보다 책 속의 사람들을 만나고, 그들과 함께 이곳저곳을 배회하는 것이 참 좋습니다. 가끔 엉뚱한 생각을 하느라 대화에 집중 못하더라도, 가다가 털썩 주저앉아 쉬어도 뭐라고 하지 않습니다. 그래서인지 사람들이 많은 곳에 가거나 쇼핑하는 것을 별로 좋아하지 않습니다. 불가피하게 가게 되면 최소한의 동선과 시간으로 끝냅니다. 어쩌다 생각보다 시간이 길어지면 어김없이 두통을 겪으며 힘들어합니다.

추신

텃밭에 유채꽃이 활짝 피었고 벌들이 날아다니는 어느 봄날이었던가요? 가벼운 기침이 급성폐렴으로 숨조차 쉴 수 없었던 그날 밤, 병원 침대에서 당신은 나를 꼭 안아주며 토닥거려 주었지요. 긴 잠을 잤던 내가 깨어났을 때 당신이 건네준 하얀 우유 한 잔을 꿀물처럼 달콤하게 먹었지요. 하얀 커튼이 살랑살랑 흔들리는 창문가에 환하게 웃는 당신이 서 있었습니다. 내가 기억하는 당신의 마지막 모습이었습니다. 그래요. 당신이 보고 싶을 때 그날을 생각해요. 그리고 아주 가끔 이렇게 당신에게 편지를 씁니다. 오지 않을 답장이지만 당신이 언제나 내 편지를 읽는다는 것을 알아요. 오늘도 안녕이라는 말을 하지 않을 거예요. 어느 날 불쑥 당신이 찾아올 것이니까요.

시간의 영원성과 무한한 상상력

세 번의 봄을 넘기는 동안 카프카를 만났고 울프와 대화를 나누
었으며, 이제 보르헤스의 이야기를 듣고 있다. 늘 그랬듯 첫 만남은
낯설지만 흥미롭다. 보르헤스와 첫 대면은 카프카나 울프와의 만남
에서 느꼈던 감정과는 또 다른 느낌으로 다가왔다.

호르헤 루이스 보르헤스(J. L. Borges, 1899~1986)는 1899년 8월 24일
아르헨티나 부에노스아이레스에서 태어났다. 영국계 할머니의 영향
으로 스페인어보다 영어를 먼저 배웠고, 1914년 스위스 제네바로 이
주하여 프랑스와 라틴어를 배웠다. 1919년 스페인으로 이주하여 살
다가 1921년 다시 부에노스아이레스로 돌아왔다. 1935년 단편소설
『불한당의 세계사』를 시작으로 『픽션들』(1944), 『알렙』(1949), 『칼잡이
들의 이야기』(1970), 『셰익스피어에 대한 기억』(1983) 외 수많은 에세
이와 시집을 냈으며 포스트모더니즘 문학에 많은 영향을 미친 작가
로 알려져 있다.

그는 다락방과 옥상에서 책을 읽었고 모험을 떠났으며, 산문과 시의 행간에서 단어를 발견했다. 육체적 결함은 보르헤스에게 엄청난 독서력과 글쓰기에 몰두하게 했다. 시력이 천천히 상실되는 유전적 질환이 보르헤스에게도 찾아왔다. 1920년부터 시력이 약해지더니 1955년 아르헨티나 국립도서관장에 임명되었을 때, 보르헤스는 큰 글자로 된 책만 읽을 수 있었다. 그래서일까. 보르헤스는 글의 소재를 현실에서 찾지 않았다. 기존의 책을 바탕으로 자기 방식대로 현대적 감각의 언어로 재구성했다. 보르헤스의 사유는 미로 속을 탐험하고 여러 갈래의 길에서 재현을 실현하며 예술로 이어졌다. 그래서 우리는 그가 만들어 놓은 공간에 발을 내딛는 순간 그의 문학에 몰두할 수밖에 없다.

　처음 그의 글을 접했을 때, 당황스럽기도 하고 호기심도 일었다. 단편소설 「위장한 염색업자 하킴 데 메르브」에는 이런 구절이 있다. "우리들이 기거하고 있는 지상은 하나의 실수, 덧없는 패러디이다." 보르헤스가 기존에 있었던 수많은 이야기를 자신의 방식대로 재해석하고 재구성하였듯 우리의 삶 역시 수많은 삶을 패러디하며 사는 것이 아닐까, 라는 생각으로 와닿자 그의 글을 조금씩 이해하며 읽을 수 있었다. 보르헤스의 글쓰기 특징으로 책에 대한 책 쓰기와 상호텍스트적 글쓰기로 손꼽는다. 소설에 녹아있는 환상적 사실주의는 가끔 독자들에게 미로 속으로 헤매게 한다. 또한 소설을 읽을 때

현실과 허구를 착각할 수 있으므로 각주를 꼼꼼하게 읽어야만 한다. 그래야만 현실에서 벗어날 수 있고 허구에서 현실을 맛볼 수 있는 흥분과 재미를 만끽할 수 있다.

물론 처음 마주한 그의 작품들은 잠시 당혹감이라는 벽에 맞닥뜨리지만, 벽의 맞은편에서 들려주는 그의 이야기에 점점 빨려 들게 하는 묘한 매력이 있다. 짧은 호흡으로 읽을 수 있고 짧지만 필요한 모든 말이 들어있으며 모든 내용이 담겨있다. 그리고 보르헤스와 마주하는 순간, 많은 책을 읽는다고 자부하던 나의 책 읽기와 글쓰기는 보잘것없음을 깨닫게 된다. 많은 책을 읽을수록 그 방대한 분량 앞에서 자신의 무지가 드러남과 동시에 인정할 수밖에 없다던 보르헤스의 충고를 받아들일 수밖에 없다. 그래도 위안으로 삼는다면, 독자로서 책 속을 맘껏 자유롭게 상상할 수 있다는 것이다.

책상 위에 남기고 간 그의 단편소설 전집 5권 중 첫 번째로 마주한 『불한당들의 세계사』는 영화예술 기법을 도입한 소설답게 스크린에 곳곳의 불한당이 나타나 한바탕 소용돌이를 일으키며 사라졌다. 보르헤스가 읽었던 책 속의 인물들이 그가 만들어 놓은 공간으로 이동하여 운 좋게 다른 선택을 하거나 새 삶을 살기도 한다. 실제 인물이 소설 속의 허구의 인물이 되기도 한다. 그의 상상은 나의 상상이 되고 또 다른 상상을 꿈꾸게 하였다. 또한 신, 영원성, 시간, 우주, 언어와 같은 형이상학적 주제들이 소설 속에 그대로 녹아들어 있어서 문학성이 뛰어나다. 보르헤스는 한 권의 책을 만들기 위해 쓸데없이 많은 말을 하기보다 한 문장으로 줄여 쓸 수 있는 압축의 미를 강조했다. 실제 그의 소설은 장편보다 길이가 매우 짧은 단편 소설이다.

글을 쓰는 이유가 작가마다 달라도 독자와 소통하고자 하는 마음은 같다. 그러기 위해 자신의 말을 찾아야 하고 자신이 쓴 언어를 부끄럽지 않게 드러내기 위해 노력해야 한다. '언어를 확장하고 변형하는 것이 작가의 의무이자 영광'이라고 보르헤스가 말하지 않았던가.

보르헤스는 「천하루 밤의 이야기」처럼 자신의 이야기를 독자들이 즐거워하거나 감동하기를 원했다. 그의 소설은 삶의 주인이자 죽음의 주인이 되게 해주기도 한다. 그러나 삶과 죽음은 소설 속에만 있는 것이 아니다. 바로 우리의 삶에 공존하는 것이다. 만약 보르헤스에 관해 관심이 있다면 단편소설 전집 이외 그의 산문집을 권한다. 거기에는 문학과 언어와 삶이 있으며 시간의 영원성에 빠져들게 할 것이다.

그가 만들어 놓은 미로 속에 어떤 모험과 삶이 있을지 모른다. 그러나 우리가 무엇을 상상하든 어떤 시간 속에 존재하든 보르헤스는 그 이상을 이야기한다. 삶이 언제나 상상을 초월해서 펼쳐지는 것처럼 말이다. 당혹감으로 시작된 보르헤스와의 만남은 사그라들었던 영혼의 불씨를 일게 해주었고 심장을 뛰게 해주었다. 그런 까닭에 보르헤스와의 만남은 당분간 계속 이어질 것이다.

2장

시간여행

수신 불가

몇 년 만에 그를 만났다. 잊고 있었던 것은 아니다. 그 시대를 알기 위해 잠시 시간여행을 다녀온 것이다.

사실 그를 만나려고 내려온 것이 아니다. 자신들의 진정한 삶과 행복을 찾아 이곳에서 머물고 있는 젊은이 두 사람을 보기 위해 온 것이다. 바람이 조금은 차가운 2월 초였지만 햇살이 참 좋았다. 딱 그를 만나면 좋을 그런 날이었다.

그를 기리는 추사 문학관은 휴관이다. 오히려 다행이다. 오롯이 그와 나, 둘이 만날 수 있으니까. 그의 집으로 가기 전 돌담 밑에 줄지어 있는 수선화와 함께 한참 동안 해바라기를 했다. 희고 노란 수선화들이 피고 진다. 생사가 오간다. 왜 그는 수선화를 그렇게 좋아했을까.

대정마을은 조용한 동네다. 골목길을 따라 걷다 보면 새소리와 바람 소리만이 들린다. 아늑함과 편함이 어깨동무를 한다. 이제 정말 그를 만나야 할 시간이다.

예전에도 늘 개방되어 있던 대문이 오늘 역시 활짝 열려 있다. 오늘만큼은 좀 더 오래도록 그와 함께할 수 있을까. 주인 강도순 집 옆 작은 방 두 칸이 그가 머물렀던 곳이다. 그는 방에서 초의선사와 차를 마시고 있었다. 아내를 잃은 그를 위로하기 위해 초의선사가 먼 길을 달려온 것이다. 방해해서는 안 될 것 같다. 아니면 왔다는 기척이라도 낼까, 망설여졌다. 그렇다고 툇마루에 앉아 두 사람의 이야기를 듣는 것도 아닌 것 같다. 바로 옆 건물로 발길을 돌렸다. 신분 귀천을 두지 않고 배우고 싶은 이들을 이곳에 오게 하여 함께 학문을 논했던 그를 상상해 본다. 툇마루에 앉아 주위를 둘러보았다. 'ㄷ'자 구조의 집은 마당이 중앙에 있다. 마당에는 햇살이 돗자리를 깔았다.

발이 부르터지도록 육로를 걷고, 거친 바다 물살을 헤쳐 서울에서 제주도까지 왔더니, 처음에는 바깥출입조차 허락되지 않았다. 모든 것이 낯설고 외롭고 힘든 시간을 그래도 견딜 수 있었던 것은 주인장의 세심한 배려와 마을 사람들의 호의적인 태도가 아니었을까.

양반의 삶에 익숙했던 그는 난생처음으로 의식주 문제를 겪었다. 오로지 홀로 감내해야만 했던 시간, 그것도 섬, 제주의 유배 생활은 힘들었을 것이다. 하지만 환경에 적응하는 것 또한 시간이 지나면 차츰 해결된다. 그렇다고 해서 가족에 대한 그리움이 잦아들지 않았다.

추사는 이곳에 와서 수선화를 무척 좋아했다. 담벼락 밑, 밭 자락, 골짜기 할 것 없이 지천에 수선화가 피었다. 제주 사람들에게 수선화는 그저 잡초이자 마소의 먹이다. 그는 시에서 옥이 솟아 쫑긋쫑긋하고 천파(天葩)에도 물들지 않는 수선화를 세상 사람들은 잡초라 여겨 온갖 곤경을 겪는다고 하였다. 하지만 수선화는 본시 하늘의 꽃으로 세속에 물들지 않는 맵시 있는 꽃이다. 그런데 고고한 진가를 가진 수선화를 아무도 몰라주는 것이 꼭 당신 같았나 보다.

푸른 하늘 푸른 바다에 얼굴 활짝 펴고(碧海靑天一解顔)
신선과의 인연 결코 인색한 게 아니었네(仙緣到底未終慳)
호미질에 내다 버린 심상한 물건을(鋤頭棄擲尋常物)
밝은 창가 깨끗한 책상 사이에 두고 기르네(供養窓明几淨間)
               -김정희,『완당전집(阮堂全集)』, 10권-

추사는 호미 끝에 버려진 수선화를 소중하게 집으로 가져와 창가에 놓고 기를 정도로 수선화를 가까이했다. 세상 풍파를 이겨내 다시 꽃 피우기를 바라는 간절한 소망이 꽃으로 피어났다. 그는 틈틈이 고향에 있는 아내와 친척들에게 편지를 보냈다. 그의 아내는 반찬과 옷을 챙겨 보내거나 집안의 대소사를 꼼꼼하게 적어 보내 주었다. 아내가 먹지 않고 어렵게 보내 준 귀한 음식들이 오는 도중 곰팡이가 슨 것을 보고 추사는 속상했다. 아내에게 미안하고 가슴이 아파 집 앞 동백나무 아래 거름이라도 되라고 묻어주었다. 불타오를 듯이 붉게 동백꽃이 피면 아내를 보는 듯하겠다고 편지에서 고백한 것처럼 추사는 아내를 그리워했다. 그러나 그들의 만남은 허락되지 않았고 타지에서 꽃으로 보는 것으로 만족해야만 했다.

추사는 가족들과 서신 왕래를 하였지만 그것 또한 시간이 오래 걸렸고 쉽지 않았다. 그런 까닭에 추사는 아내가 죽은 줄도 모르고 아내에게 편지를 보냈다. 그의 아내는 평소 건강이 그리 좋지 않았다. 편지의 내용은 아프지 말라며 약의 처방과 복용법에 대해 꼼꼼히 적어 보냈다. 그러나 정작 편지는 본인에게 전달되지 못했다. 뒤늦게 그 사실을 알았던 추사는 오로지 슬픔을 삭이는 수밖에 없었다. 동백나무가 붉게 물든 어느 아침에 추사는 아내를 떠올리며 바닷길을 하염없이 걸었을 것이다. 아내의 마지막 길을 함께 하지 못했던 미안함과 그리움에 석양을 핑계 삼아 눈물 줄기를 날려 보내지 않았을까.

어느 시대나 정치를 하다 보면 이런저런 일을 겪게 마련이다. 그러나 고독과 고통의 시간에도 학문과 예술이 꽃핀다. 그가 살았던 시대, 그리고 지금 우리가 사는 시간 모두 비슷하다. 어디에 있든, 어떤 처지에 있든, 삶은 계속될 것이다. 그래도 삶이 빛날 수 있는 것은 하루하루를 잘 보내려고 하는 마음에 있는 것이다.

다시 이곳을 떠나 삶의 현장 속으로 돌아가야 한다. 어떤 삶이 기다릴지 모른다. 하지만 그 시간을 견딜 수 있는 것은 주어진 삶의 시간이 계속 흘러가리라는 믿음이 있기 때문이다. 또한 그 시간 속에 내가 있으니 살아가는 것이다. 처음 생각했던 만남의 시간이 길지 않았지만 그래도 좋았다. 잠시 그를 만나고 왔으니, 그래도 잘 지내고 있으니, 그러면 되었다.

어머니의 정원

기와 처마에서 떨어지는 빗소리를 듣다가 잠이 들었다. 며칠째 계속되는 장마는 뒤뜰 고랑으로 빗물을 흘려보냈다. 자갈이 굴러가는 소리가 마치 시냇물이 흘러가는 듯하다. 잠시 비가 그친 아침, 돌담 아래 창포가 흠뻑 젖은 몸을 바람에 말리는 중이다. 정말 푹 잔 것 같다. 밤새 나는 창호지를 바른 방문 너머에서 들려주는 빗소리에 취해 상상의 나래를 한껏 펼치며 잠이 든 것이다.

문틈 사이로 밥 익어가는 소리가 들린다. 부엌에서는 벌써 아침을 맞이하느라 분주하다. 가마솥은 이미 밥 짓기를 끝내고 대기중이다. 아마도 어머니는 닭장에서 달걀을 가져올 것이다. 그리고 아궁이에서 숯불 두 개를 꺼내 그 위에 작은 뚝배기로 달걀찜을 할 것이다. 또 다른 숯불 위에서 고등어와 갈치가 구워질 것이다. 역시나! '자르르 틱틱…틱틱.' 고소한 냄새가 방안까지 스며들었다. 이제 정말 일어나야만 한다.

그러나 나는 좀 더 바깥소리와 냄새를 느끼고 싶었다. 뒤뜰 고랑에서 흘러가는 물소리, 아침이 익어가는 소리를 오랫동안 듣고 싶었다. 하지만 오늘도 대청마루에서 어김없이 나를 부르는 소리가 들린다. 이미 아버지와 어머니 그리고 네 명의 오빠와 언니 모두는 숟가락과 젓가락이 분주하다. 나는 어머니가 발라준 생선 살과 계란찜으로 아침을 아주 맛있게 먹었다.

댓돌을 밟고 내려가 가지런히 놓인 고무신을 신고 마당을 밟았다. 마당에는 아담한 정원이 있다. 우리 집은 사방이 담장으로 빙 둘러 있다. 대문을 들어서면 왼쪽에 기와집과 아래채, 그 사이에 우물이 있다. 마당 한가운데 정원이 있다. 담장 안에는 작은 텃밭이 있고 옆채 담장 뒤에도 텃밭과 맑은 샘물이 흘러 돌아가는 미나리꽝이 있다. 또한 담장 안팎에는 여러 종류의 감나무가 심겨 있다.

기와집 뒷담 안에는 길게 담장을 따라 정원이 꾸며져 있다. 사금파리와 돌멩이로 울타리를 만든 꽃밭이다. 주로 창포와 분꽃들이다. 뒤뜰로 가려면 장독대를 지나 돌아가야 하는데 길은 좁고 기다랗다. 그 길에도 붓꽃과 봉선화가 있다. 장독대 양옆으로 은행나무 두 그루가 심겨 있다. 이곳에도 꽃들이 항상 피어 있었다. 어머니는 농사를 짓고 여섯 남매를 키우면서도 꽃을 가꾸는 것을 소홀히 하지 않으셨다. 어머니는 계절마다 꽃씨를 받아 누런 종이에 싸서 보관해 두었다가 다음 해에 씨를 뿌렸다. 꽃모종을 옮겨 심을 때는 나도 고사리손으로 어머니가 파둔 구덩이에 하나씩 꾹꾹 눌러 심었다. 자그마한 모종이 쑥쑥 자라서 예쁘게 꽃을 피울 생각을 하면 너무 신났다.

어머니의 꽃에 대한 사랑 덕분에 우리는 계절마다 앞뜰, 뒤뜰, 골목길에서 항상 꽃을 볼 수 있었다. 집으로 들어오는 골목 어귀에는 서너 그루의 무궁화나무가 있다. 길고 넓은 골목길 양가에 접시꽃, 코스모스, 맨드라미 등이 번갈아 꽃을 피운다. 큰 대문을 들어서면 석류나무, 사철나무, 동백나무와 함께 작약, 족두리, 분꽃이 있다. 분꽃 씨앗은 까만 콩처럼 둥글고 굵어 쉽게 다른 꽃씨와 구분할 수 있다. 늘 반질반질하게 닦아놓은 장독대 주변에도 꽃이 핀다. 장독대 옆에는 앉은뱅이 돌절구와 나무절구가 있다. 돌절구는 겉절이 담는 용도로 주로 사용되었다. 마늘 몇 조각을 먼저 빻는다. 마늘이 어느 정도 빻아지면 빨간 고추를 함께 빻고 소금이나 간장으로 간을 한다. 엄마는 골목 입구에 심어놓은 산초나무에서 산초 몇 잎을 따서 물로 깨끗이 씻은 후 살짝 한 번 더 빻는다. 그리고 소금에 절여 놓은 얼갈이나 열무를 넣어 버무리면 겉절이가 완성된다. 나는 엄마가 하는 과정을 일일이 눈에 담는다. 다음에 꼭 한 번 해보리라는 야심 찬 생각을 품었지만 내 차례까지 오지 않는다. 왜냐하면 아홉 살이나 많은 언니가 호시탐탐 그 자리를 노리고 있었기 때문이다.

대신 나는 어머니가 만들어 놓은 꽃밭으로 간다. 많은 꽃 중에서도 제일 좋아하는 꽃은 봉숭아다. 빨강, 주황, 보라 등 여러 색깔의 꽃잎도 좋았지만, 꽃이 진 뒤 연두색 통 안에 들어있는 봉숭아 씨앗을 특히 좋아한다. 꽃봉오리 같은 연두색 통이 노랗게 익으면 손가락으로 통을 아주 살짝 퉁! 퉁긴다. 그러면 통은 옆으로 좌아쫙 갈라지면서 작고 길쭉한 갈색 씨앗들을 쏟아낸다. 갈라진 통속에서 마법처럼 쏟아져 내리는 보석들, 덕분에 한참이나 꽃밭에서 놀 수 있었다.

해마다 태양처럼 주홍빛의 꽃물이 내 손톱에 앙증맞게 물들었다. 별들이 쏟아져 내리는 여름밤이면 어머니는 봉숭아 꽃잎을 절구에 빻아 작은 내 손톱에 올려주었다. 손이 움직이지 않도록 조심조심 잠을 잤다. 드디어 아침이면 주황색으로 물든 손톱을 볼 수 있었다. 아침밥을 서둘러 먹고 골목으로 뛰쳐나가 친구들에게 자랑하였다. 다음날이면 친구들의 손톱도 예쁘게 물들어 있었다. 우리는 서로의 손톱을 보면서 까르륵, 까르륵 웃으며 서로 예쁘다고 좋아했다.

어머니의 정원은 앞뜰과 뒤뜰, 장독대와 골목길에만 있는 것이 아니다. 담장 안팎의 텃밭에도 어머니의 정원이 있다. 봄이면 장다리꽃이 피고 여름이면 가지꽃과 오이꽃이 핀다. 꽃이 진 자리에는 길쭉한 가지와 오이가 자란다. 어머니는 가지를 하나 똑 따서 가지무침을 하고 오이 한 개를 뚝 따서 오이냉국을 한다. 텃밭은 우리 식구들에게 음식으로, 때론 간식거리를 제공해 주는 곳이다. 우엉잎은 살짝 찐 뒤에 강된장과 함께 쌈을 싸 먹는다. 하지만 유독 입이 짧은 나는 쌉싸래한 맛이 영 내키지 않아 한 입 먹고는 다시 입에 대지 않았다. 그런데 나이가 들수록 시장에서 우엉잎을 사다가 강된장을 끓여 쌈을 싸 먹는다. 어릴 적 그렇게 먹지 않았던 것을 어머니의 나이가 된 지금은 왜 그렇게 생각나는 것일까. 그 시절 추억이 그리운 탓인지 아니면 내 입맛이 변한 것인지도 모른다.

어머니의 텃밭은 아주까리가 연붉은색 꽃을 피우고 부추가 하얗게 꽃을 피운다. 담장 가에 심어놓은 호박꽃은 어머니의 사랑처럼 서리가 내릴 때까지 피고 지고 하면서 열매를 맺는다. 텃밭의 꽃들은 화려하지도 큰 꽃잎을 가지지 않는다. 꽃잎보다는 푸른 잎들이 더 많다. 특히 미나리꽝은 맑은 샘물이 흘러나오는 곳이라 이웃에서 미나리를 얻으러 종종 온다. 그러면 어머니는 미나리꽝에 들어가 낫으로 미나리를 한 움큼 잘라 인심 좋게 바구니에 담아 주었다. 미나리꽃은 한여름에 흰색으로 모여 피는데 아마도 어머니의 정이 꽃으로 피어나는 것만 같았다. 어머니의 정원에서 우리는 입으로 먹고 눈으로 먹고 마음으로 먹으면서 무럭무럭 자랄 수 있었다.

아마도 정원이 있는 집에 살고 싶다는 생각을 그때부터 했던 것 같다. 도시로 나와 살면서 꿈속에서 자주 고향 집 마당과 정원을 보았다. 기와집, 우물이 있고 정원이 있는 곳, 감나무와 은행나무가 있고, 대문을 들어서면 석류나무가 있다. 어머니의 닮은 꽃들이 집 안 곳곳에 피어 있었다.

유독 햇살이 눈 부신 아침이다. 비바람이 그친 아침은 다른 날보다 더욱 맑고 청초하다. 어제라는 시간을 보내고 오늘을 맞이하는 시간이다. 침대에서 간단히 스트레칭하고 거실로 나왔다. 부엌으로 가는 대신 베란다로 갔다. 녀석들이 밤사이 잘 지냈는지, 컨디션은 어떠한지 궁금하다. 초록 식물들은 오늘도 힘 있어 보인다. 꽃보다는 푸른 식물들이 이곳에는 더 많다. 유일하게 볼 수 있는 꽃은 봄에 피는 군자란, 열어둔 창문 틈으로 들어와 자리 잡은 괭이밥, 여름날 나무를 타고 올라가는 나팔꽃, 365일 내내 햇살만 있으면 피는 사랑초가 그나마 이곳에서 볼 수 있는 꽃이다. 사랑초는 어머니가 살아계실 적에 어머니의 정원에서 옮겨다 심은 것이다.

나는 비 오는 날 기와 처마에서 떨어지는 빗소리를 좋아한다. 언젠가 빗소리를 잘 들을 수 있는 처마가 있는 집에서 살고 싶다. 아침마다 돌담 위에서 지저귀는 새들의 노랫소리를 들을 것이다. 장독대도 만들어야겠다. 장독대 둘레에도 예쁜 꽃들을 심어야겠다. 된장 가지러 갔다가 잠시 노닥거리고 고추장 한 종지 뜨려고 갔다가 쪼그려 앉아 꽃구경해야겠다. 개미가 줄지어 가는 모습도 보면서 주부의 본분을 잠시 망각하는 작은 일탈을 즐기리라. 뒤뜰도 있었으면 좋겠다. 나는 들판에서 씨앗을 아주 조금 선물 받아 뜰에다 뿌릴 것이다. 해마다 꽃씨를 잘 받아 다음 해에 뿌리고 또 뿌릴 것이다. 질서정연하지 않아도 괜찮다. 그들은 시간과 계절에 따라 잎이 나고 꽃을 피울

것이다. 자연의 순리에 따라 사는 그들을 보면서 조금은 내려놓는
삶을 살고 싶다.

지우개

연필을 깎는다.

깡통 필통 안에는 여러 종류의 연필과 연필을 깎는 칼이 들어있다. 샤프보다는 아직은 연필을 깎아 쓰는 게 더 좋다.

360도 회전을 해가며 쓱쓱~싹싹~쓱쓱.

나무들이 빚어 나온다. 하나, 둘, 셋, 넷… 분신들이 바닥에 쌓이는 동안 나무 기둥은 점점 야위어 간다. 가늘어진 나무 기둥 사이로 검은 심이 통통한 얼굴을 내민다. 심을 깎는다. 이리저리 돌려 깎는 동안 뾰족한 생의 날이 생긴다. 연습지에 글을 쓴다. 도화지에 스케치한다. 아! 이 부분이 이상해. 지우개로 쓰~윽 쓰~윽 지우고 다시 쓴다. 다시 그린다.

인생도 한 번쯤 지우개로 지우고 다시 쓸 수 있었으면 좋겠다. 뇌리에 각인된 그림들을 지우고 다시 그리고 싶다. 살면서 후회되고 안타까운 일들을 되돌릴 수만 있다면 참 좋겠다. 보고 싶은 사람들을 다시 만날 수 있다면, 잉크로 꾹꾹 눌러 쓴 글들을 지울 수 있다면 얼마나 좋을까. 그럴 수만 있다면……. 정말, 좋겠다.

찬 바람이 분다. 영하의 날씨다. 핸드폰을 켠다. 즐겨찾기에 등록된 전화번호 중 하나를 선택한다. 한참 후 기계 너머에서 익숙한 목소리가 들린다. 휴! 안심이다. 언제나 그런 것처럼 "밥은 묵었나?"로 우리의 대화는 시작된다. 아직도 엄마에게 나는 아이인 모양이다.

"먹었어요. 엄마는 식사했어요?"

"묵었다. 별일 없재?"

"잘 지내고 있지. 엄마는 아픈 데 없어요?"

"은희는 잘 있고? 연락해 봤나?"

그제야 '아차!' 하며 나는 목소리 볼륨을 좀 더 올렸다. 언제부턴가 엄마는 소리를 잘 듣지 못한다. 이렇게 소리를 높여야만 엄마가 겨우 알아들으신다.

"언니는 잘 있어요. 엄마는 아픈 데 없어요?"

"……."

"엄마? … 엄마?"

깊고 어두운 침묵을 뚫고 메마른 잎사귀 하나가 바스락, 바스락 몸을 움직였다.

"우리 엄마, 어디 갔노?"

"응? 우리 엄마? 엄마가 엄마잖아?"

"우리 엄마, 어디 갔노 말이다."

그제야 상황 파악이 되었다. 수화기 저 너머 엄마는 외할머니를 찾고 있었다. 버스로 가면 30분 정도의 거리인 외갓집을, 돌아가시진 40년 가까이 된 외할머니를 엄마는 애타게 찾고 있었던 것이다. 잠시 머릿속이 복잡해졌다. 계속 외할머니가 어디에 있느냐고 물어보는 엄마에게 뭐라고 대답해야 할지 순간 난감해졌다.

"노루목에 있지. 어디 있기는."

수화기 너머로 무거운 정적이 또다시 흐른다. '뚜우~욱!' 소리만이 전화기 스피커를 뚫고 흘러나왔다.

그 후로 잊을 만하면 엄마는 외할머니를 찾았다. 그럴 때마다 솔직하게 이야기하기도 하고 외갓집이 있는 노루목에 계신다고 말하기도 한다. 거짓말에 익숙하지 않은 내게는 숙제 아닌 숙제처럼 숙제해야만 했다.

30년 가까이 혼자 사신 엄마는 홀로 있는 시간이 많으셨다. 농사 일조차 손을 놓은 엄마는 한 동네에서 50년 가까이 살던 친구들과 사랑방에서 이야기하며 하루하루를 보내셨다. 하지만 한두 해 간격으로 벗들도 하나둘씩 돌아가시자 엄마는 혼자 감내할 시간이 점점 많아졌다. 혼자 눈을 뜨고, 혼자 밥을 먹고, 혼자 거실에 앉아 하루를 보냈다. 그런 시간이 많아질수록 엄마는 스쳐 간 세월을 되돌아보게 된 것이다. 어느 순간 엄마는 징검다리처럼 시간을 건너뛰었다. 그간 지낸 시간을 되돌아보는 동안 생각 속에 생각들이 얽히고설킨 채 무의식 속에 갇혀버리고 만 것이다.

엄마에게 있어서 보고 싶고 소중했던 사람은 엄마의 엄마다. 주기만 했던 사랑은 이제는 받고 싶었는지도 모른다. 한평생 자식만을 위해 살았던 엄마는 더는 자식들한테 해줄 게 없다고 느끼는 순간에 조건 없이 사랑해 준 외할머니를 떠올리게 된 것이다. 엄마의 엄마가 계신 곳을 알면 찾아가고 싶은 마음은 이제 종종 현실이라고 느낄 때가 있었다. 누군가를 그리워한다는 것은 무의식 속에 잠재된 감정들이 남아 있다는 것이 아닐까. 다 잊었다고, 다 지나간 일이라고 하면서 불쑥불쑥 떠오르는 기억과 감정을 어떻게 다 설명할 수 있을까.

엄마의 그리움의 실체가 자식들이 아닌 외할머니라는 사실에 가슴이 아려온다. 멀리 떨어져 있다는 이유로, 혹은 바쁘다는 핑계로 직접 찾아가지 못한 채 전화로 엄마의 안부를 묻는 것으로 자신을 위로했다. 이런 자신이 때론 무심하다고 자책해 보지만 돌아서면 처리할 일 속에 파묻혀 버리곤 했다.

어느 날, 딸이 서울에 있는 학교로 가게 되면서 떨어져 지냈다. 늘 함께 차를 마시고 이야기를 나누던 딸의 빈자리는 예상외로 컸다. 딸의 빈자리가 주는 그리움은 점점 쌓여만 갔다. 그때서야 엄마가 무수한 시간 동안 자식을 그리워하며 견뎠다는 것을 알게 되었다. '엄마도 이랬었구나. 그래서 내가 갈 때마다 조금 더 있다가 가라고 한 것이구나.' 그랬다. 조금이라도 더 자식의 얼굴을 보고 싶은 마음과 함께 행여 차가 막힐까 봐 보내야만 하는 안타까운 마음을 왜 진작 알지 못했을까.

신은 모든 곳에 있을 수 없어 세상에 어머니를 보냈다고 했던가. 삶이 힘들고 지칠 때마다 엄마를 찾게 된다. 누군가에게 자랑하고 싶은 일이 생길 때마다 제일 먼저 생각나는 사람이 엄마다. 그러나 우리는 늘 똑같은 일상을 살면서 소중했던 것을 놓치고 마는 실수를 범하곤 한다.

연필심이 뚝!

부러졌다.

무딘 칼날을 한 토막 잘라냈다.

새로운 칼날이 날을 세운다.

연필을 깎는다.

쓱쓱 싹싹, 쓱쓱 싹싹.

기억의 덩어리들이 하나씩 하나씩 떨어져 나갔다. 수북이 쌓인 기억의 조각들이 휴지통으로 들어갔다. 잘려 나간 기억의 자리에 곧고 가녀린 나무들이 심을 받쳐주고 있다. 그것만으로 심은 살아갈 수 있다. 그것만으로 족하다 한다.

글을 쓴다. 스케치한다. 지우개는 오늘도 대기 중이다.

유품

이삿짐을 정리하다 말고 창고에 들어있던 상자 중 하나를 열었다.

수백 통의 편지와 일기장, 그리고 빛바랜 작은 상자가 들어있다. 작은 상자를 열었다. 끈이 없는 금메달과 카세트테이프 하나가 들어있었다.

'아, 이것이 있었지.'

고향 집을 떠나온 지도 벌써 사십 년이 되었다.

아버지의 나이 마흔 중반에 육 남매의 막내로 내가 태어났다. 무뚝뚝한 경상도 남자였던 아버지는 오빠와 언니에게는 무섭게 대했다. 하지만 나는 언제나 예외였다. 오일장이 서는 날이면 아버지의 손에는 항상 군것질거리가 들려 있었다. 아무리 술에 거나하게 취해서 오더라도 오빠들 몰래 고사리 같은 내 양손에 왕방울 사탕을 하나씩 쥐여주셨다.

아주 가끔 어머니는 김치를 넣고 끓인 해장라면을 아버지에게만 드렸다. 라면이 귀했던 시절이었다. 아무도 아버지의 것을 탐할 수는 없었다. 그러나 아버지 곁에 유일하게 앉을 수 있었던 나는 아버지가 라면을 주는 대로 넙죽넙죽 받아먹었다. 막내라는 특권도 있었지만 유독 몸이 약했다. 밥 먹는 시간이 싫었고 억지로 먹으면 바로 배탈이 났다. 달래고 어르고 해야만 몇 숟가락 먹는 게 고작이었다.

유채가 세상을 노랗게 피워내는 봄이었다. 나는 쉴새 없이 기침하였고, 고열로 사경을 헤매고 있었다. 읍내 병원에 갔지만 가망이 없다는 말을 들었던 아버지는 그 길로 택시를 불러 도시에 있는 병원으로 향했다. 다섯 살이었던 내가 기억하는 거라곤 꿈인지 생시인지 모를 영화 속 한 장면뿐이다. 눈을 떴을 때 하얀 커튼이 바람결에 나풀거렸고 누군가 건네준 우유를 맛있게 먹었었다. 바람이 참 상쾌하고 달다고 생각했다. 동네 어른들이 왜 내 이름을 부르지 않고 '오만 원'이라고 부르는지를 시간이 꽤 지나서야 알았다. 아버지는 딸의 병원비로 논을 오만 원에 팔아야만 했고, 그 후 살아난 딸을 위해 몸에 좋다는 약초를 캐서 달여 먹였다.

아버지의 정성을 생각해서라도 건강하면 좋았을 텐데 야속하게도 나는 환절기 때마다 감기를 달고 살았고, 조금만 잘 못 먹으면 며칠씩 배가 아팠다. 그때마다 아버지는 나를 업고 동네 약방에 가서 주사를 맞히거나 약을 타서 먹였다. 나는 주사 맞기를 엄청나게 싫어했다. 하지만 생각뿐 밖으로 싫은 내색을 하지 않았다. 왜냐하면 아버지의 넓은 등에 업히는 것이 좋았기 때문이다. 아버지의 등은 따스하고 포근한 침대처럼 달콤해 잠을 불러오는 마법 같았다.

농촌의 겨울은 휴지기(休止期)다. 아이들에게 겨울방학이 있듯 어른들도 삶의 여유를 가질 수 있는 시간이 바로 겨울이다. 농촌의 겨울은 눈이 많이 내리거나 얼음이 어는 경우가 다반사다. 눈사람을 만들고 아버지가 직접 만들어 준 썰매를 냇가로 가져가 얼음 위에 신나게 탈 수 있는 것도 겨울이 주는 선물이다.

긴 겨울이 떠나가면 보드라운 햇살이 마당에 깔린 멍석으로 손님처럼 찾아온다. 그 자리는 아버지와 나만의 것이었다. 아버지는 멍석 위에 가마니틀을 두고 가마니를 짰다. 아버지 옆에서 짚을 건네주며 아버지랑 이야기를 나누는 것이 좋았다. 그러다 지겨워지면 멍석 위에 엎드려 달력으로 만든 공책에 아버지가 써 준 내 이름 석 자와 숫자를 따라 썼다.

아버지한테는 특별한 재주가 있었다. 매년 농한기 때마다 읍내에서 마을경연대회가 열린다. 매번 동네 어른들이 한번 나가보라고 했지만, 번번이 거절만 했던 아버지가 그 해는 가마니 짜기 대회에 나갔다. 당당히 금메달을 목에 걸고 오셨고, 그날 우리 집에서 동네잔치가 열렸다. 어른들 잔치는 곧 아이들 잔치다. 쉴 새 없이 부엌에서 나오는 부침개를 먹고 사카린을 탄 막걸리를 우리는 어른들 몰래 따라 마셨다. 달콤한 것이 왜 그리 잠을 몰고 오는지 마루에 큰 대자로 뻗었다. 마당에서 어른들이 장구 소리에 맞춰 춤추며 노래를 부르는 소리가 희미하게 들렸다. 그날 아버지의 목에는 태양 하나가 노랗게 빛나고 있었다.

언제나 태양이 떠오를 줄 알았다. 열 살이 되던 봄에 갑자기 아버지가 쓰러지셨다.

읍내 병원에 가서 진찰을 받았지만 큰 병원으로 가보라는 말에 그 길로 엄마는 진주의 큰 병원으로 아버지를 모시고 갔다. 한 달이 지나고 또 한 달이 지났는데도 아버지는 집에 오시지 않았다. 어쩌다가 들리는 엄마는 무척이나 바쁘셨다. 여기저기 사람들을 만나러 다니셨다. 그리고는 황급히 병원으로 돌아가기가 바빴다.

몇 개월 후 집으로 돌아오신 아버지는 두 다리가 없었다. 발목을 시작으로 한쪽 다리를 절단하고 끝내는 두 다리마저 절단하는 수술을 받으신 것이다. 그러나 아버지의 그런 모습이 어린 나에게는 엄청난 혼란과 충격 그 자체였다. 하지만 그것도 잠시일 뿐 우리는 예전처럼 돌아갔다. 비록 내가 할 수 있는 것이라곤 아버지의 말벗이 되어 주는 것과 대소변 용기를 치우는 게 전부였지만 말이다. 그날도 학교에서 돌아온 나는 마룻바닥에 엎드려 숙제하였다. 안방에 누워있던 아버지는 그런 딸을 유심히 바라보고 있었다. 숙제가 끝나길 기다리던 아버지는 녹음기를 가져오라고 하셨다. 빈 테이프를 카세트에 넣은 아버지는 지그시 눈을 감았다. 집안일을 엄마와 오빠들에게 부탁하고 마지막으로 막내딸이 걱정이라는 말만 몇 번이나 되풀이하셨다. 녹음종료 버튼을 가까스로 누른 아버지는 다시 자리에 누우셨다. 아버지의 얼굴에서 깊은 샘물이 쏟아졌다.

아버지는 당신이 얼마 남지 않았던 것을 아셨나 보다. 거짓말처럼 며칠 후, 귀뚜라미 소리만 들리는 밤에 아버지는 조용히 떠나가셨다. 아버지가 떠나간 빈자리는 생각보다 컸다. 아버지의 입원과 몇 번의 수술로 인해 전답은 남의 손에 넘어갔다. 오빠와 언니는 돈을 벌기 위해 도시로 나갔다. 식구들이 떠난 집에는 덩그러니 엄마와 나만 남겨져 더욱더 쓸쓸하고 허전한 나날을 보냈다. 아버지의 넓은 등에 업혀 걸었던 신작로와 봄날 마당에서 함께한 따뜻함도 아버지의 마지막 시간을 가장 많이 나누었던 가을도 모두 기억 속 한 장면으로 남아야만 했다.

아버지와 산 시간은 10년 하고도 몇 개월이 전부다. 갓난아이 때의 기억이 없으니 5~6년 정도다. 고향 집을 떠나면서 제일 먼저 챙긴 것이 아버지의 메달과 아버지의 음성이 들어있는 테이프였다. 삶이 고달프고 일이 풀리지 않을 때 꺼내 보았던 아버지의 메달은 다시 세상 속으로 걸어갈 힘을 주었다. 그래서 자취방을 전전하면서도, 결혼하고 몇 번의 이사를 하면서도 메달이 담긴 작은 상자는 늘 함께였다.

하얀 종이봉투에 들어있는 테이프를 꺼내 서재로 갔다. 가끔 아버지의 목소리가 듣고 싶을 때 노트북에서 바로 들을 수 있게 테이프를 MP3로 전환했다. 테이프를 다시 봉투에 담고 헝겊을 가져와 메달을 닦아 상자에 도로 넣었다. 열어 둔 창문 틈으로 햇살 한 줌이 상자 위로 나비처럼 내려앉았다.

겨울나기

　인디언들은 정월에 자기 성찰의 시간을 갖는다. 자연과 밀접한 관계를 이루며 살아가는 그들은 주위에 일어나는 풍경의 변화에 따라 삶을 살아가고자 하였다. 겨울나무의 빈 가지는 조용히 눈을 감고 귀를 열어 들을 준비를 한다. 조용한 침묵 속에 들리는 소리의 의미를 되새기며 자신을 되돌아보는 계기로 삼는다.

　텔레비전도 귀하던 시절, 세상에서 일어나는 일들을 빨리 알지 못했다. 덕분에 남녀노소 할 것 없이 놀이하면서 긴 겨울을 보냈다. 학원이나 과외가 없었고, 인터넷게임과 오락실이 없었던 그 시절에 아이들은 아침이면 동구 밖으로 모두 모여 놀았다.

　남자아이들은 팽이와 닥나무 껍질로 만든 팽이채를 들고 팽이치기를 한다. 특히 얼음이 언 개울 얼음판에서 팽이끼리 싸움을 붙이기도 하면서 추운 겨울을 잊는다. 양지바른 곳에서는 말뚝 박기에 온 동네가 시끌벅적하다. 말뚝 박기는 텔레비전 개그 프로그램에서 반영되어 요즘 아이들도 거의 다 아는 놀이가 되었다.

종이로 딱지를 접어 딱지치기도 하는데, 종이가 귀한 터라 다 쓴 공책을 뜯어다 딱지를 접거나 심지어 책까지 뜯어 딱지를 접어서 어른들에게 꾸중을 듣곤 하였다. 그마저 여의치 않으면 눈에 보이는 것을 다 놀이의 도구로 만들어 버렸다.

산업화가 일어나기 전 농경사회에서 토지는 삶의 중요한 터전이었다. 땅따먹기 놀이는 생산의 원천이었던 땅을 바탕으로 생겨난 놀이다. 먼저 땅 위에 적당한 크기의 사각형을 그린다. 그런 다음 각각 정한 곳에서 한 뼘가량 반원을 그린다. 제집이 정해진 후 가위바위보를 해, 이길 때마다 자기 집에서부터 한 뼘씩 땅을 넓혀 나가는 방법이다. 이외에도 나뭇가지를 이용한 자치기, 빈 깡통 하나만 있으면 되는 깡통 차기, 사금파리나 납작한 돌만 있으면 할 수 있는 비석 치기 등이 있다.

여자아이들은 마당이나 길가에 여러 개의 사각형을 그린다. 한쪽 발을 들고 외발로 차기에 알맞은 사금파리나 동그스름한 돌을 이용하여 한 칸씩 차면서 나간다. 금 밖으로 발이 나가거나 금을 밟아서는 안 된다. 그 외 한 사람이 술래가 되어 아이들을 찾는 숨바꼭질, 1m 정도의 실만 있으면 할 수 있는 실뜨기는 다양한 모양을 만들 수 있어 교육적인 면에서도 좋은 놀이다.

'금강산도 식후경'이라 노는 것도 중요했지만 먹는 것도 빼놓을 수 없다. 동네에 엿장수가 나타나는 날이면 아이들은 고물을 찾기 위해 온 집안을 샅샅이 뒤졌다. 헌 고무신 한 짝을 들고 엿장수에게 가면 엿장수는 엿을 고르라고 한다. 엿판의 많은 엿가락 중에서 하나 골라 아이들끼리 엿치기를 해서 따먹기도 한다. 기다란 엿을 꺾어 혹 불면 구멍이 더 큰 사람이 이기는 놀이다.

어른들이 실내에서 할 수 있는 것으로 주사위 놀이가 있다. 아무도 예측할 수 없는 확률의 게임이다. 주사위를 굴리는 순간 긴장을 멈출 수 없다. 주사위는 수학의 확률을 공부할 때도 사용하는 학습 도구로 그 활용이 다양하다.

주사위 2개를 던져서 6·6의 사위가 나오면 이긴다는 쌍륙놀이는 우리나라 판놀이의 태두이다. 쌍륙놀이는 궁전이나 양반가에서 주로 유행한 상류계층의 놀이다. 신윤복의 풍속화 <쌍륙>에서 양반과 기생이 쌍륙을 즐기는 것을 볼 수 있다. 연암 박지원 역시 편지를 쓰다가 막히면 자신의 왼손과 오른손을 갑과 을로 나누어 혼자서 대국을 할 정도로 쌍륙을 즐겼다 하니, 쌍륙놀이는 일상적 공간에서 즐겼던 놀이의 하나이다.

하지만 남녀노소 할 것 없이 모두가 즐길 수 있는 것은 뭐라 해도 윷놀이만 한 게 없다. 밤나무나 싸리나무를 매끈하게 다듬어서 한가운데를 쪼개어 한 면은 납작하게 하고, 반대편은 둥글게 네 개를 깎아 둥근 면에 X표로 한다. 말판을 사용하여 편을 나누기 때문에 가족들이 하기에 좋은 놀이다. 더구나 윷으로 일 년 동안 신수를 칠 수 있는 윷점은 윷을 세 번 던져 그 점수로 점괘를 만든다. 윷점은 64괘가 있는데 재미 삼아 해보는 것도 좋다.

또한 연날리기는 도시·농촌 할 것 없이 아이들과 어른들이 오늘날까지 행하고 있는 놀이다. 연은 한지 한가운데를 동그랗게 도려내어 구멍을 내고 대나무를 가늘게 깎아 살을 만들어 가로로 머리 부분에 붙이고 세로로 한가운데를 따라서 붙인다. 여러 모양과 빛깔의 색지를 오려 붙이기도 하여 개성을 나타내기도 한다. 바람 부는 날 언덕에 올라가 날리거나 빈 들녘이나 바닷가에서 날리기도 한다. 연은 재앙이나 액을 연에다 실어서 날려 보낸다는 옛날 풍속이 있다. 요즘은 평상시에 즐겨하는 놀이 중 하나다.

어느 하루쯤, 가족끼리 모여 앉아 윷놀이해보는 것도 겨울을 보낼 수 있는 하나의 방법이 될 것 같다.

세상을 달구는 고요 속으로

씩씩하게 길을 떠났다.

아지랑이가 고속도로에서 모락모락 피어오르고 있었다. 하늘은 구름 한 점 그려놓기가 싫은가 보다. 파란 도화지만 펼쳐 놓은 채 한 달 넘게 휴업 중이다. 고도의 역사가 숨 쉬는 경주를 찾았다. 경주에 오면 늘 찾던 불국사, 첨성대, 왕릉, 안압지는 오늘만큼은 가고 싶지 않았다. 아이들을 놀이공원에 내려주고 우리 부부는 한적한 마을로 발길을 돌렸다. 문명의 손길이 덜한 마을은 논밭으로 둘러싸여 있었다. 큰 내가 있었지만 오랜 가뭄으로 소량의 물만 흘러가고 있었다. 시골 농가들만 있는 곳에서 자작나무를 심어놓은 카페를 발견했다.

이런 곳은 입소문이나 카페 마니아들이 아니면 결코 올 수 없는 장소다. 카페 문을 열고 들어서면 내부는 생각보다 큼직하다. 곳곳에 키 큰 나무들이 있었지만 결코 좁은 곳이라고는 느낄 수 없었다. 천장이 너무 높아서일까. 주문대로 가니 머리를 뒤로 질끈 묶은 남자 분이 우리를 맞이한다. 커피와 에이드 한 잔을 주문하고 돌아서는데 오토바이 한 대가 기세등등하게 카페 중앙에 떡하니 세워져 있다. 금방이라도 밖을 향해 질주할 것만 같은 오토바이, 그리고 벽에 붙여진 이국의 사진들. 나는 오토바이를 다시 한번 보고 돌아서서 그 남자를 봤다. 남자는 커피를 내리느라 나를 보지 못했다. 다행이다. 서로 민망한 시선을 피할 수 있었고 쓸데없는 질문을 하지 않아도 되었으니 말이다.

주인을 닮은 철제 벽시계는 오후 1시가 넘었다는 걸 알려주었다. 이 시간에 손님은 남편과 나 둘뿐이다. 젊은 남자는 뜨거운 커피 한 잔과 얼음이 가득 든 자몽에이드 한 잔 그리고 앙증맞게 생긴 하얀 접시에 비스킷 몇 조각을 담아 갖다주었다. 찬 음료를 마시면 밤에 기침하는 나는 태양 빛을 담은 커피를, 열이 아주 많은 남편은 북극 성 얼음이 가득 든 자몽에이드를 마셨다. 가방에서 책을 꺼내 천천 히 읽었다. 밖은 여전히 지글지글 끓고 있었다.

한 시간쯤 지나자 동네 할아버지 셋, 친구로 보이는 여자 두 명, 부부로 보이는 남자와 여자, 연인 같은 커플이 모여들기 시작했다. 젊은 남자 혼자 하기에는 좀 버겁겠다고 생각할 때였다. 연인인지 아내인지 모를 젊은 여자가 들어와 주인 남자와 함께 차를 만든다. 음악만이 흐르던 카페는 한순간 손님들로 시끌벅적해졌다. "역시 우리는 손님을 몰고 오는 운이 있어, 그렇지?"라며 우리 부부는 서로를 칭찬해 주었다.

카페 안이 조금 어수선하다. 그래도 좋다. 눈치 보지 않고 오래 있어도 주인에게 미안하지 않을 것 같다. 그러나 이런 작은 바람도 여지없이 깨져버렸다. 그들은 카페 안의 풍경을 핸드폰에 담고 주문한 차를 순식간에 마시고는 바람처럼 나가버렸다. 다시 둘만의 시간이다.

유리문 때문에 소리는 들리지 않았지만 창밖의 자작나무 잎들이 서로 몸을 부딪치고 있다. 태양에 그대로 노출된 바람은 뜨거웠다. 그 바람을 자작나무가 온전히 받으면서도 몸을 비비며 뜨거운 계절을 견뎌내고 있다. 음악이 없다면, 자작나무의 움직임이 없다면, 시계의 숫자가 바뀌지 않는다면, 시간이 멈췄다고 믿어 버릴지도 모른다. 무거운 공기와 인정사정없이 내리쬐는 땡볕을 피해 들어온 구석진 창가! 간혹 종이 넘기는 소리만 들리는 곳. 모든 걸 내려놓아도 좋다는 생각이 들 만큼 아늑한 공간에서 가져간 책을 반쯤 읽고 파란 철문을 열고 카페를 나왔다.

갑자기 먹구름이 몰려오더니 아주 잠깐, 소나기가 내렸다. 잠시 차 안에서 차 문을 두드리는 빗소리를 감상했다. 나무가 우거진 숲길을 지나 서출지로 갔다. 작은 연못에는 연꽃이 피어 있었고 잠시 내린 소나기로 땅은 흠뻑 젖어 있었다. 연못 둘레에는 배롱나무꽃들이 밝은 자주색으로 물들어 있었다. 소나무에서 들리는 매미들의 자지러진 소리와 연못 속에서 개구리들의 첨벙거리며 잠수하는 소리가 고요한 파문을 일으켰다.

이곳에는 목조로 지은 건물 '이요당'이 있다. 이 건물은 조선 현종 5년(1664)에 임적이 못가에 건물을 지어 글을 읽고 경치를 즐긴 곳이라고 한다. 이 연못에 관한 전설이 있다. 신라 소지왕이 하루는 남산 기슭에 있던 '천천정(天泉亭)'이라는 정자로 가고 있을 때, 까마귀와 쥐가 와서 "이 까마귀가 가는 곳을 쫓아 가보라."고 하였다. 까마귀를 따라 가보니 못 가운데서 한 노인이 나타나 봉투를 건네주었다. 봉투에는 '열어보면 두 사람이 죽고 보지 않으면 한 사람이 죽는다.'라고 적혀 있었다. 이를 본 신하가 말했다. "두 사람은 평민이고 한 사람은 왕을 가리킴이오니 열어보시는 것이 어떨까 하옵니다." 왕은 신하의 조언에 따라 봉투를 뜯었다. '사금갑(射琴匣)' 즉, '거문고 갑을 쏘아라.'라고 적혀 있었다.

왕은 왕비의 침실에 세워둔 거문고 갑을 향해 활시위를 당겼다. 거문고 갑 속에는 왕실에서 불공을 보살피는 승려가 죽어있었다. 승려는 왕비와 짜고 소지왕을 해치려고 했다. 왕비는 곧 사형되었고 왕은 노인이 건네준 봉투 덕분에 죽음을 면하게 되었다. 하여 이 연못에서 글이 나와 계략을 막았다 하여 이름을 '서출지(書出池)'라 하였다. 그때부터 정월 보름날은 오기일(烏忌日)이라 하여 찰밥을 준비해 까마귀에게 제사를 지내는 풍속이 생겨났다. 은혜를 잊지 않았던 왕의 마음이 여름날 찾아온 여인에게 작은 깨달음을 선물로 주었다. 그렇다. 우리도 누군가의 은혜로 이렇게 한시 한날 좋은 날을 함께 보내는 것인지 모른다.

한 남자의 빠름과
한 여자의 느림이
땅거미를 맞이한다.
땅거미는 어둠으로
어둠은 풀벌레 소리로
심지를 돋우고
다른 듯 같은
같은 듯 다른
우리는
세상을 달구는 고요 속으로
거북이처럼 걸어가고 있었다.

나무늘보가 달팽이를 만나는 날

굼뜨고 느려졌다.

처음에는 생각처럼 따라주지 않는 몸을 이해하기보다는 속상함
이 먼저 찾아왔다.

지나온 삶을 되돌아보니 참으로 열심히 살아왔다. 늘 부족한 잠
을 견디면서 직장과 집 사이를 정신없이 뛰어다녔다. 몸의 힘듦조차
인지할 수 없었고 마음의 상태를 들여다볼 시간조차 없었다. 늘 바
삐 움직여야 했고 쫓기듯이 잠을 자야 했다. 누구에게도 기댈 수 없
었기에 오로지 주어진 일들을 처리하기에 바빴다. 그러다 한 번씩
쓰러졌고 병원에 입원하는 일도 생겼다. 하지만 몸을 추스르며 다시
현실에 뛰어들었다.

어느 날 문득, 바삐 가던 발걸음이 나도 모르게 멈춰 버렸다. 도
대체 왜? 라는 물음의 화살이 눈앞에 떨어진 것이다. 응? 움찔하며

서버렸던 발걸음을 다시 뗄 수 없었다. 얼마나 오랜 시간이 지나갔는지 모른다. 다행히 천천히 걸을 수 있었다. 내 발소리가 이렇구나. 뺨을 스치는 바람의 손길을 느끼며 바람이 이렇게 불었구나. 매일 오가던 골목길에는 빛바랜 화분에 심어진 꽃나무가 있었네. 틈이 벌어진 대문 사이로 보이는 강아지 한 마리가 익숙하다는 듯이 나를 쳐다보고 있었다.

그때부터였다. 조금은 느려도 언젠가는 도착점에 다다를 수 있다는 것을 아는 순간, 속도를 줄이기 시작했다. 몇십 년 동안 익숙해진 삶의 속도를 하루아침에 줄일 수는 없었지만 적어도 숨 가쁨은 없었다. 살아간다는 것, 어떻게 보면 아주 잠깐 세상이라는 장소에 여행을 온 것일 수 있다.

이것저것 많이 하겠다며 돌아다니면 정작 기억나는 게 하나도 없다. 그때의 햇살은 어땠는지, 바람이 불었는지, 옆에 누가 있었는지, 무슨 말을 주고받았는지 모른다.

나는 걸을 수 있으면 천천히 걷는 것을 좋아한다. 식물을 좋아하기에 들꽃에 이름을 하나씩 지어주기도 하고 이름을 가진 꽃은 그의 이름을 불러준다. 새들의 소리를 듣고 무슨 새일까? 위를 올려다보기도 한다. 지나가는 사람들을 보면서 그들의 얼굴을 그들의 발걸음을 본다. 점점 몸이 느려졌지만 그래도 좋다. 여유가 있다. 그리고 집중을 할 수 있다. 부엌에서 요리할 때도 천천히 할 수 있어서 예전보다 많이 다치지 않는다. 고백하건대 나는 부엌을 그다지 좋아하지 않는다. 그곳은 위험한 곳이다. 불에 델 수 있고 칼에 베일 수 있다. 무거운 솥이 있고 깨지기 쉬운 그릇들이 있다. 내 팔에 수많은 흉터는 모두 부엌에서 생겨난 것들이다.

느림에 익숙해지니 생각을 버리는 습관이 생겼다. 힘들고 복잡한 문제가 닥쳐오면 잠시 슬쩍 뒤로 밀어놓는다. 그리고 몸을 움직이는 단순노동을 한다. 묵은 먼지를 털어내고 찌든 때를 벗기며 청소를 한다. 켜켜이 쌓여 있는 책들을 비우고 필요한 책들만 책꽂이에 꽂아 정리한다. 졸음을 끌고 와 준 선물에 잠시 기대어 기쁨을 누리기도 한다.

반면 밀려난 숙제는 계속 나를 응시하고 있었다. 이 녀석을 떼어놓아야겠다 싶어 밖으로 나갔다. 골목길을 돌고 강둑을 거닐다 숲길을 걸었다. 나뭇가지 사이로 날아다니는 산새들의 푸덕거림, 나뭇잎들의 떨림의 그림자가 땅바닥을 적셨다. 바람의 소리, 나무들 사이로 언뜻언뜻 비치는 파란 하늘과 흰 구름이 좋다. 그렇구나. 그냥 흐름에 몸을 맡기면 된다. 강하게 흔들려도 시간이 지나면 서서히 잠잠해진다. 그래, 인생 역시 그런 것이다. 이 또한 잠시 내게 온 흔들림이라고 생각하니 마음이 차분해졌다. 욕심이 일면 덜어내는 작업을 하면 된다. 욕심 때문에 불행이라는 손을 잡고 싶지 않다. 욕심을 버리고 일상에서의 소소한 즐거움을 찾고자 하는 것이 행복이다.

지금은 어떤 곳에 가더라도 바쁘게 움직이는 것보다 천천히 둘러보고 마음에 드는 곳이 있으면 시간과 상관없이 오래 있는다. 그래서 성격이 급한 오래된 친구는 나와 있을 때는 천천히 걷는 습관이 생겼다. 아마도 내 보폭에 맞춰 주는 그의 배려일 것이다. 산책하더라도 주위의 들꽃이 피었는지 살피고 풀들의 움직임과 새들의 소리도 들으며 가야 한다. 가끔 등산을 가기도 하는데 정상이 목표가 아니다. 주위의 풍경을 하나씩 즐기며 그곳에 누가 살고 있는지, 그들의 사는 방식과 속삭임에 귀 기울여 들어주고 공감하는 시간을 갖는 게 더 중요하다.

요즘 나는 더욱더 느리게 움직였고 단순한 생활 리듬에 몸을 맡긴다. 아직도 남아 있는 아집의 잔재를 털어버리고 실체를 모르는 욕심을 버리는 중이다. 편하게 숨 쉬며 다니는 날이 올 때쯤 조금은 괜찮은 어른으로 세상에 나갈 수 있기를 바란다.

행복을 꿈꾸는 매발톱나무

우리는 가슴 한편에 아픔과 슬픔, 고통을 안고 삶을 살아간다. 그래도 살아갈 수 있는 것은 다른 한편에 희망과 웃음, 행복이 자리 잡고 있기 때문이다.

그와의 만남은 우연이었다. 공공도서관이 집 근처에 있어 자주 이용한다. 도서관 벽면 한자리를 꿰찬 그를 보게 되었다. 공지영 작가의 책을 빌리려고 몇 번이나 도서관을 찾았지만, 그때마다 '대여 중'이다.

서점에 들렀다. 도대체 어떤 내용을 담았기에 내 손에 오기가 그리도 힘든 것인지 궁금하기도 하고 오기도 생겼다. 『우리들의 행복한 시간』, 표지가 마음에 들었다. 내가 좋아하는 초록 이파리와 초록 글씨들, 행복과 시간의 단어가 마음에 들었다.

세상에서 행복을 꿈꾸지 않는 사람이 있을까? 사람이 살아가는 순간, 죽음을 맞이하는 그 순간에도 행복이 찾아올 수 있지 않을까?

그랬다. 나도 행복한 시간을 가지고 싶었고 다른 사람들의 행복한 시간을 훔쳐보고 싶었다.

집으로 돌아와 한 페이지씩 넘기는 동안 잘 알지 못했던 사회의 다른 면을 보았다. 살인, 폭력, 성범죄 등 뉴스나 신문에서 보았던 그들의 삶을 소재로 한 내용이라 처음에는 한 걸음 물러났다. 하지만 알 수 없는 호기심이라고 할까. 책을 덮을 수 없었던 것은 그들의 인권에 대해서 나의 사고를 전환하고 있다는 것을 알았다.

언제 형장의 이슬로 사라질지 모르는 사형수 윤수와 세 번의 자살 기도를 시도한 유정. 그들의 삶은 불안정하고 죽음으로 내달리고 있었다. 그들은 미래에 대한 희망도 행복도 없이 하루하루 살아가는 것 자체가 숨 막혔다.

유정은 모니카 고모와 함께 애국가를 부르기 위해 찾아 든 교도소에서 윤수를 만났다. 동상에 걸린 새빨간 귀, 수갑으로 인해 파인 붉은 상흔들, 살고 싶은 의지도 희망도 없다는 윤수가 내뱉던 말에 유정은 자기를 보는 듯하다. 친척 오빠에게 강간을 당한 유정은 엄마의 태도에 실망과 분노로 엄마를 미워한다. 버젓하게 세상을 향해 살아가는 그들의 삶에서 유정은 한없이 분노하고 몸부림친다.

엄마의 가출, 아버지의 술주정, 비를 맞으면서 윤수가 학교에서 나오기를 기다리던 동생 은수, 아버지의 죽음으로 인한 보육원 생활, 엄마와 재회. 그리고 또 한 번 엄마로부터 버림받게 된 윤수는 뒷골목 생활을 하였다. 애국가를 좋아하던 동생 은수의 길거리 죽음으로 인해 윤수는 세상에 대한 증오와 분노를 느낀다.

사랑하는 여자를 만나 새로운 삶을 열심히 살고자 했던 윤수에게 어두운 그림자가 따라온다. 자궁외임신인 여자를 살리기 위해 삼백만 원이라는 돈이 필요했다. 돈을 빌려준다는 친구를 찾아간 자리에 친구의 선배를 만난다. 딱 한탕만, 하자고 하는 말에 선택의 여지 없이 마지막 딱 한 번만 하자고 다짐한다.

하지만 운명의 신은 누구를 위해 존재를 하는 걸까? 전철에서 예전에 자주 찾아가던 술집 여인을 우연히 만난다. 돈만 빌리려고 했던 윤수는 여자의 집으로 들어가 그녀와 이야기를 나눈다. 그 사이 선배는 그 여자의 아이를 강간한 후 살해한다. 살려 달라는 여자를 선배는 목 졸라 죽이고 달려 나오는 순간 파출부가 문을 열고 들어온다. 운명의 덫에 빠진 듯 살인에 또 살인을 낳고, 윤수는 선배의 죄까지 뒤집어쓰게 되었다.

세상이 윤수에게 준 것이 무엇일까? 태어나서 받아보지 못한 부모의 사랑과 관심, 뒷골목의 삶 속에 그가 원하던 삶은 무엇일까? 동생 은수에게 컵라면을 먹이기 위해 라면을 훔치던 날, 슈퍼 주인이 그를 한 번만 용서해 주었더라면 그의 삶은 달라지지 않았을까? 어머니를 다시 만나 새 가정에서 행복을 찾았다면 평범하게 살고 있지는 않았을까?

유정의 상처를 엄마가 사랑으로 감싸 안아주었더라면 그녀의 삶이 달라지지 않았을까? 사랑하는 사람과 관계를 맺지 못하는 그녀에게 가족들은 어떻게 대했는가? 한 번이라도 상처 입은 그녀를 다독거리거나 사랑으로 지켜봐 주었더라면 그녀가 죽음의 열차에 몸을 싣지 않았을 것이다.

교도소에서 단둘이 만난 유정은 윤수에게 진짜 이야기를 하자고 한다. 그리고 자기가 당했던, 죽음의 열차를 탈 수밖에 없는 이야기를 하면서 그들의 진짜 이야기는 시작된다. 누구에게도 털어놓고 싶지 않았던, 마음의 문을 열 수 없었던 그들의 이야기는 계속된다.

윤수가 적어놓은 노트를 펼쳐본다. "이곳에 와서 처음으로 행복한 시간이라는 것을 가져보았습니다. 기다리는 것, 만남을 설레며 준비하는 것, 인간과 인간이 진짜 대화를 나눈다는 것, 누군가를 위해 기도한다는 것, 서로 가식 없이 만난다는 것이 무엇인지 알았습니다. 사랑을 받아본 사람만이 사랑할 수 있고, 용서받아본 사람만이 할 수 있다는 걸… 알았습니다." 윤수가 하고 싶었던 이야기를 들어주는 유정으로 인해 행복한 시간을 가졌다는 말에 가슴이 아팠다. 누군가를 기다리고 그를 위해 기도하고 생각하는 마음을 느끼며 살아가는 삶이 어떤 사람에게는 특별한 일이었다. "사랑했으면 되는데 그걸 너무 늦게 알았어요."라고 사형집행 때 마지막으로 말하는 윤수. 그리고는 애국가를 부르며 그는 형장의 이슬로 사라진다. 그의 두 눈은 죽은 동생을 생각하며 각막기증을 한다.

우리나라 사형제도는 먼 시간을 거슬러 올라 고조선 8조법에서 찾아볼 수 있다. '사람을 죽인 자는 사형에 처한다.'라는 조항은 그 후 왕실의 안위와 정치적인 목적으로 사용되었으며 개중에는 많은 사람이 무고하게 죽었다.

윤수는 사람을 죽인 살인자로 사형수로 남아 언제 죽을지 모르는 공포와 두려움의 시간을 보냈다. 단편소설 『붉은 방』(하버트 조웰즈)은 공포와 두려움에 대해 잘 표현하고 있다. 유령이 출몰한다는 저택에 한 청년이 하룻밤을 보낸다. 유령이 출몰한다던 그 방에서 청년이 두려움을 느낀 것은 유령의 실체가 아니라 바로 '공포심'이었다.

큰 죄를 지은 흉악범들의 인권에 대해서 두 가지 주장이 팽배하게 맞서고 있다. 사형제도 폐지론과 존재론 사이에서 지금도 형장의 이슬로 사라져 가는 인간의 존엄성, 그들에게 죽음이 아닌 다른 선택의 방법은 없을까. 윤수가 뒤늦게 깨달았던 삶을 그냥 넘겨야 하는 것이 옳은 일일까. 가정에서, 학교에서, 사회에서 잘못에 대한 책임과 벌을 받아야 하는 것을 배우고 자랐다. 하지만 어떤 경우에도 극형에 처할 때는 그들이 선도될 기회를 원천적으로 박탈한다면 그것은 너무 비인간적이다. 그들에게도 참회의 기회와 교화될 수 있는 시간을 주어야 한다.

윤수가 떠나고 모니카 고모가 병실에 누워있을 때 유정은 한 가지 깨닫는다. "나는 이제 죽고 싶다고 말하는 대신 잘 살고 싶다고 바꾸어서 말할 수밖에 없게 된 것이다. (…) 누구나 사랑받고 싶어 하고 인정받고 싶어 하며 실은 다정한 사람과 사랑을 나누고 싶어 한다." 삶을 살아가면서 고통을 받지 않을 수 없다. 얼마만큼 고통을 잘 극복하느냐에 따라 우리 인생도 달라질 것이다.

지금 이 자리에 있는 것도 행복이요 고통과 슬픔이 존재하고 있는 것도 살아있다는 증거다. 우리 주위에서 무심코 스쳐 지나가는 바람, 구름, 햇살도 삶에 있어서 소중한 것이다.

행복한 시간은 그다지 크고 엄청난 것이 아니다. 그저 살아 있다는 것만으로 행복이다. 때로는 좌절과 분노와 기쁨이 교차할 때도 있을 것이다. 하지만 그때마다 "살아간다는 것은 그래도 행복이다."라고 말할 수 있을 것 같다.

꽃잎이 떨어진들

용문사에 들렀다.

용문사는 신라 신덕왕 2년(913) 대경대사가 창건하였다는 설과 경순왕이 친히 행차하여 창사하였다고 하는 설이 있다. 그 후 세종 29년(1457) 수양대군이 모후 소헌왕후 심씨를 위하여 보전을 다시 지었다. 순종 원년(1907)에 의병의 근거지로 사용되자 일본군이 불태운 것을 1909년 치운 스님이 큰방을 중건한 뒤, 1938년 태웅 스님이 대웅전, 어실각, 칠성각 등을 중건하였다는 기록이 있다.

경내로 들어서기 전 왼편에 아주 오래된 은행나무 한 그루가 반지르르 윤기를 자아내며 우뚝 서 있다. 나무 아랫부분은 무성한 초록잎으로 뿌리를 뒤덮고 있으며 올라갈수록 듬성듬성한 가지 사이로 파란 하늘이 매달려 있다.

은행나무에 얽힌 전설이 있다. 신라의 마지막 임금 경순왕의 태자였던 마의가 망국의 서러움을 품고 금강산으로 가던 길에 손수 심었다고 한다.

삼국사기의 기록에는 경순왕 9년(935) 10월, 신라는 후백제 견훤과 고려 태조 왕건의 신흥세력에 대항할 길이 없자 군신 회의를 열었다. 경순왕은 나라가 약하고 형세가 고립되었다고 하여 고려에 항복하려고 하였다. 이때 마의태자는 찬란했던 천년 사직을 버릴 수 없다며 항복을 반대하였다. "나라의 존망에는 반드시 하늘의 명이 있는 것이니 마땅히 충신, 의사들과 더불어 먼저 민심을 수습하여 스스로 나라를 지키다가 힘이 다한 연후에야 그만둘 일입니다. 어찌 천년 사직을 하루아침에 남에게 넘겨준단 말입니까?"

경순왕 역시 다른 누구보다도 나라를 지키고 싶었다. "고립되고 위태함이 이와 같으니 사세로 볼 때 보전할 수 없는데, 죄 없는 백성들이 싸우다 죽어서 간(肝)과 뇌수(腦髓)를 땅에 칠하게 하는 일을 나는 차마 할 수 없다."라고 말할 수밖에 없는 왕의 고심 끝에 내린 결단이었다. 결국 고려에 귀부를 청하는 국서가 전달되었다. 마의태자는 그 후 통곡하며 경순왕에게 하직을 고하고 개골산으로 들어가 바위에 의지하여 집을 짓고 마의를 입고 초식하다가 일생을 마쳤다.

경순왕은 비록 고려에 항복했지만, 그것은 백성과 후손을 살리기 위해서다. 왕은 백성의 어버이라. 자식을 보호하려는 어버이의 심정으로 백성들을 먼저 살리고자 하였다. 그랬기 때문에 경순왕의 외손

(外孫) 완안 아골타(完顏阿骨打)가 중국을 분할(分割)하여 다스렸고 백 년 동안 대를 이을 수 있지 않았을까. 그리고 마의태자는 한 나라의 왕자로서 기울어가는 나라를 다시 일으키고자 했지만 결국 떠나야만 했던 그의 발걸음이 오죽 무거웠을까.

신라 사람들은 신라 땅 방방곡곡에 꽃을 피워내는 무궁화나무를 누구보다도 사랑했다. 다른 나라에 보내는 문서에 신라 이름 대신 근화향(槿花鄉)이라고 적기도 했다.

무더운 여름날에도 무궁화는 아침에 피고 저녁이면 진다. 꽃잎이 피고 지는 가운데 무수한 꽃봉오리를 쉴 새 없이 피워내는 무궁화는 진정 자기 자신을 사랑할 줄 아는 것이다. 마의태자가 망국의 한을 달래려고 심은 은행나무는 몇백 년 동안 봄이면 싹을 틔우고 가을이면 황금빛으로 세상을 적셨다. 신라 사람들이 밝음을 사랑하듯 은행나무도 밝음을 사랑한 것이다. 은행나무는 하늘을 향해 가지를 뻗고 쑥쑥 높이 자라기 때문에 그만큼 뿌리도 깊게 내린다. 그 강인함을 태자는 알았을까. 그래서 아침에 피고 저녁에 지는 무궁화 대신 강한 햇살을 향해 늠름하게 뻗어가는 은행나무를 심지 않았을까.

은행나무 가지에 살포시 내려앉은 나리꽃무더기를 품은 석양을 바라보며 떨어지지 않는 발걸음을 애써 재촉해 본다. 나라를 지키지

못한 한 나라의 태자로 살아갔던 그를 생각하며 땅거미가 길게 드
러누워 있는 산길로 들어섰다. 어느새 근화향이 나와 어깨를 나란히
걷고 있었다.

시를 쓰고 그림을 남기다

바람이 창을 두드렸다. 내미는 손을 잡고 그렇게 나는 도시를 떠나고 있었다. 차창 밖으로 보이는 산들은 싱그러움을 덧칠하고 양지바른 산비탈에 오동나무와 아카시아가 보라 꽃송아리와 하얀 꽃송이를 피우고 있었다. 바람이 파란색 하늘에 떠 있는 흰 구름떼를 힘차게 몰았다. 얼마만의 나들이인가. 꽤 오랜 시간 동안 서재에 틀어박혀 지냈다. 그리고 예정 없이 찾아온 바람이라는 손님과 함께 여행길에 나서게 된 것이다.

20년 전에 강진을 방문했으니까, 시간이 참 많이도 흘렀다. 다산 초당으로 가는 숲길을 걸으며 아이들에게 그를 소개했었다. 아주 오래전 정약용이라는 분이 이곳으로 귀양 와서 제자들과 많은 책을 읽고 글을 썼다는 등 이런저런 이야기를 들려주었다. 당시 정약용은 고향에 있는 아들에게 자주 편지를 보냈는데, 편지를 쓰더라도 "좋은 글귀에 좋은 문장의 글인가 아닌가 생각하면서 써야 한다."라고 하였다. 그래서인지 그의 편지는 오늘날에도 회자하고 있다. 편지를 자주 쓰는 나 역시 한 문장을 쓸 때마다 의미를 되새기며 적어 내려간다. 편지를 받게 될 누군가를 위해 온 마음으로 쓰는 것이다.

오늘은 백운동 별서정원에서 하루를 보내기로 했다. 이곳은 다산이 1812년 9월 12일, 초의 대사를 비롯한 여러 제자와 함께 월출산을 등반하고 백운동 별서정원에 들러 하룻밤을 보낸 곳이다. 이때 다산은 별서정원의 아름다움에 감탄하여 시를 지었다. '백운첩(白雲帖)'은 별서정원의 아름다움을 담은 12수의 시를 엮은 시첩이다. 다산은 초의에게 '백운동도'와 '다산도'를 그리게 하였는데 이것이 잘 알려진 '백운첩'이다. 덕분에 '백운첩'의 토대로 복원된 별서정원을 찾아올 수 있게 되었다.

별서정원은 이담로가 은거의 삶을 살겠다며 백운동으로 내려와 손수 조성한 정원이다. 진나라 왕희지가 난정에서 수계(脩禊)할 때 곡수연(曲水宴)을 베풀었다. 이담로는 이를 본떠 유상곡수를 만들었다. 담장 밖 시냇물을 마당 안으로 끌어와 만든 구조로 아홉 굽이가 흐른다. 이담로는 유상곡수를 설치한 후 "시냇물을 끌어와 아홉 구비를 만드니 섬돌을 타고 물소리가 울린다."라고 했다. 좋은 벗들과 술잔을 띄어 정을 나누고, 정원을 거닐거나 시를 읊조리며 문학을 즐겼던 그는, 후손에게 별서정원을 지켜달라는 유언까지 남길 정도로 별서정원에 대한 애정이 각별했다. 또한 이담로는 '생의결처사의장백(生宜結處死宜藏魄)'이라며 별서정원에 집을 짓고 죽어서는 넋을 묻겠다던 말처럼 이곳에 잠들어 있다.

본채로 올라가는 돌계단 양가에 화계를 두어 꽃과 나무를 심어 놓았다. 왼쪽에는 취미선방이 있고 계단을 다 오르면 본채가 나온다. 본채의 마당에는 온갖 꽃과 나무들이 그림처럼 펼쳐져 있다. 이곳에서 백매오(百梅塢)를 만날 수 있다. 원래 백 그루의 매화나무가 있었지만, 세월과 주인을 따라 떠나고 현재는 두 그루의 매화가 사이좋게 정원을 지키고 있다. 이담로의 6대손 이시헌이 지은 시에도 "백 그루 중 몇 떨기만 새 꽃이 남았네."라고 하였다. 그마저도 없어지고 두 그루가 지탱해 온 것이다. 매화나무 주변으로 초록 밀밭이 조성되어 있고 밀알들이 탐스럽게 주렁주렁 매달려 있었다. 초록 물결 속에서 더욱 눈에 띄는 붉은 영산홍이 세월의 끝을 향해 달려가는 중이다. 수많은 벌이 매화나무와 영산홍 꽃잎 사이로 분주히 오가며 윙윙거렸다.

마당을 지나쳐 뒷문으로 나오면 돌계단이 가파르게 언덕을 향해 이어져 있다. 계단을 올라가면 정선대다. 그곳에서 보는 본채의 정원은 한 폭의 수채화요 무릉도원이다. 자줏빛 모란과 연 노란빛 불두화 그리고 붉은 영산홍이 어우러진 정원, 물이 돌아가는 유상곡수까지 한눈에 들어온다. 멀리 월출산 봉우리도 보인다.

하늘로 솟아오른 바위에 흰 구름이 걸려 오도 가도 못한 채 백운동을 내려다보고 있다. 어찌어찌하여 바람과 인연이 닿아 다시 구름은 제 갈 길을 간다. 당시 백운동의 주인이었던 이덕휘와 다산의 인연이 닿아 백운첩을 남겼고, 그들의 자식들인 이시헌과 정학연과의 인연 또한 이어졌다. 다산은 정선대에 올라 멀리 월출산 옥판봉을 바라보며 시를 남겼다. '산인은 산 위로 오르지 않고도 가만히 앉아 있으면 마음이 고요하다네(山人不上出燕坐心常靜).'라며 백운동의 주인 이덕휘가 편안히 이곳에 앉아 산을 바라보며 고요한 마음을 지닌 것을 빗대었다. 다산은 월출산 등정에 대해 비로소 욕심을 내려놓았다. 정선대에 앉아 있으면 세상과 단절된 느낌이다. 오롯이 들리는 거라곤 바람 소리, 푸른 잎들의 흔들림, 나뭇가지 사이로 언뜻언뜻 보이는 파란 하늘, 그리고 새소리뿐이다. 이곳에서 무엇을 더 생각하고 바라겠는가. '쉼' 그리고 '초월' 뿐이다.

정선대에서 내려와 오른쪽 돌담을 돌면 구름까지 닿는다던 왕대나무의 가지가 파란 하늘 아래 윤슬처럼 빛났다. 댓잎들이 떨어져 쌓인 길은 푹신하여 걷기에 참 좋다. 대나무가 심어져 있는 담장과 계곡 사이의 작은 오솔길을 거닐며 사각사각 소리에 취해본다. 그 길을 따라 산길을 올라가다 보면 초록 물결로 정돈된 녹차밭이 끝없이 펼쳐져 있다. 새순이 돋아나는 잎을 적선 받아 입에 물고 그 향에 취해본다. 쌉싸름한 맛이 입속에 맴돌았다.

다산은 유배가 풀려 서울에 올라갔어도 제자였던 이시헌에게 차를 보내달라는 편지를 보낼 정도로 유독 차를 좋아했다. "이제 곡우 때가 되었으니 다시금 이어서 차를 보내 주기를 바라네. 다만 지난번 부친 떡차는 가루가 거칠어 썩 좋지 않았다네. 모름지기 세 번 찌고 세 번 말린 후 아주 곱게 빻아야 하는 걸세. 또 반드시 돌샘물로 고루 반죽해서 진흙처럼 짓이겨 작은 떡으로 찍어내야 한다네. 그래야 찰져서 먹을 수가 있으니 유념해 주었으면 좋겠네."라며 떡차 만드는 법을 자세히 알려주며 좋은 차를 보내 줄 것을 부탁하는 편지를 보냈다.

다산이 그토록 좋아했던 떡차는 어떤 맛일까. 궁금함은 실행을 이끈다. 차를 마시고 싶다는 생각이 밀려들었다. 그래도 떠나기 전 백운동과 월출산을 한 번 더 눈에 담았다. 비록 귀양살이였지만 물심양면으로 도움을 주었던 이덕희를 만나고 여러 제자와 함께하였으니 다산은 그리 불행한 삶을 살았던 것은 아니다. 하나를 잃으면 또 다른 하나를 얻게 되는 것이 삶의 이치가 아닐까.

하얀 눈이 쌓인 겨울날, 붉은 꽃이 만발한 동백나무 아래를 걸을 수 있을까. 별서정원은 사계절에 따라 맛과 색이 다르다. 올봄은 매화와 모란으로 만족해야겠다. 가을에 오든 눈밭이 된 겨울에 오든 정원은 그 아름다움을 다할 것이다. 때로는 세상의 일에 벗어나 자연과 만 권의 책을 읽으며 은거의 삶을 살아도 좋을 일이다. 하지만 아직은 동경의 대상이요 꿈꾸는 삶의 숙제다. 간절함은 또 하루를 살아갈 힘을 줄 것이다. 그러면 되었다며 바람이 내 손을 잡고 찻집으로 이끌었다.

3장

멈춤

어느 날 문득

가끔 외로움을 느낄 때가 있다.

비가 내리고 있는 지금, 창밖은 어두운 동굴 속 같다. 고요함이 스며들었다.

혼자 있는 아침의 시간을 무척 좋아한다. 설거지를 후다닥하고 집 안 청소를 재빨리 끝내버린다. 그러고 나면 오로지 나만의 시간이다. 커피 한 잔을 내려 책상에 앉는다. 스피커에서 음악이 흘러나온다. 천천히 노트에 글을 써 내려간다. 글을 쓴다고 하지만 거창하게 뭔가를 쓰는 것이 아니다. 대체로 간단한 메모, 생각, 일기를 쓰거나 짧은 문장을 무작정 쓴다. 그렇게 한 시간 동안 음악을 들으며 커피 향기와 잉크 냄새를 맡는다.

오롯이 혼자만의 시간이자 행복의 순간이다. 그래서 오전 시간만큼은 될 수 있으면 약속을 잡지 않으려고 한다. 하루 중 유일하게 집중할 수 있는 시간을 빼앗기고 싶지 않기 때문이다. 그런데 오늘 아침은 달랐다. 외롭다. 음악이 감성을 자극했는지 아니면 천둥소리와 함께 비가 내리고 있는 탓인지 알 수 없다. 다만 세상에서 뚝 떨어진 느낌이다. 그렇다고 슬픈 것도 아니다. 가라앉은 마음으로 찾아오는 뭉클함이 그리 나쁘지는 않았다. 감정이라는 바구니에서 오늘은 평소와 다른 물건이 나왔을 뿐이다.

고독은 외롭다고 느끼는 것이 아니라 홀로 있는 상태를 말한다. 영어로 'solitude', 재생과 회복, 창조의 원천이 고독이다. 외로움은 인간이 겪고 있는 최고의 스트레스 중 하나로 격리, 폐쇄, 부정적 감정을 말한다. 영어로 'loneliness', 결핍과 소외의 산물이다. 고독과 외로움은 쓸쓸하다는 감정의 공통점을 가진다. 하지만 고독이 다분히 의도적이며 내면을 성찰할 수 있다는 것이 다르다.

평소 고독을 즐기지만 외롭다고 생각해 본 적이 없다. 혼자만의 시간을 즐길 수 있어 감사했다. 그러나 오늘처럼 외로운 감정이 몰려올 때 잠시 당황스럽다. 누군가를 필요해지는 순간이기 때문이다. 혼자여도 좋지만 함께라서 좋은 일도 많다.

그렇다고 해서 딱히 연락할 마음이 있는 것도 아니다. 그냥 핸드폰에 저장된 연락처를 훑어 내려가며 그 사람을 떠올려 보는 것이다. 그러다가 문득 어떤 이름 앞에 멈추고 있다면 그 사람이 보고 싶은 거다. 무심하다 싶을 정도의 소원했지만 언제든 연락이 닿으면 반갑게 맞이해 줄 사람이다. 통화 연결음이 닿자마자 받아주는 그 사람을 번개처럼 만났다.

내가 그를 잘 알듯 그도 나를 잘 안다. 만나게 되면 만나자, 라는 무심함을 그는 이해해 준다. 그래서 좋다. 얽매인 관계가 아니라서 편하다. 어제 만난 사람처럼 우린 밥을 먹고 차를 마셨다. 일일이 말을 하지 않아도 '툭' 하고 내뱉은 말 한마디에 서로의 생각과 감정을 알아차릴 수 있다. 다시 만나자는 약속을 하지 않아도 걱정되지 않는다. 적당한 거리에 있는 우리, 그것으로 충분하다. 언제 어느 순간에 만나도 편한 그런 사람이 되고 싶다. 상대방도 그랬으면 좋겠다는 것이 내 작은 바람이다.

가끔 쓸쓸함을 느낄 때가 있다.

누군가가 나를 위로해주었으면 딱 좋을 것 같은 그런 날이 가끔 있다. 그럴 때 나는 산책하러 나간다. 들풀과 꽃향기와 어우러진 길을 택해 무작정 걷는다. 바람이 친구가 되어 주기도 하고 새들이 말을 걸어오기도 한다. 자연과 융화되어 몇 시간을 보내다 보면 편함이 자리를 잡는다.

오늘은 한더위를 피해 해거름에 온천천으로 마실 나갔다. 왜가리는 늘 혼자 물가에 있다. 일정한 거리에 한 마리씩 자리 잡고 있는데 매일 그 자리 그곳에 있다. 자기 구역이 정해져 있는 것 같다. 가끔은 풀숲에 서 있거나 물속에 들어가 끼니를 해결하는 것을 볼 수 있다. 혹시 보이지 않을 때는 그 주위를 둘러보면 어김없이 한쪽 구석에 홀로 서 있다. 무슨 생각을 할까? 몇 미터씩 떨어져 있는 다른 왜가리를 만나기는 할까? 궁금해졌다.

왜가리가 혼자 있다면 오리들은 무리 지어 다닌다. 두 마리, 혹은 여러 마리가 물 위를 오가는데, 때론 무리와 동떨어져 혼자 있는 오리가 있긴 하다. 봄에는 오리 가족들을 볼 수 있다. 어미 오리 뒤로 어린 새끼들이 뒤뚱뒤뚱, 아슬아슬하게 뒤따라가며 열심히 헤엄치는 연습을 한다. 가끔 급류에 위험할 때도 있지만 어미 오리가 있어서 불상사는 일어나지 않는다.

돌다리를 건너다보면 물고기들이 헤엄치는 것도 쉽게 볼 수 있다. 개구리와 두꺼비가 부화하고, 참새들이 버드나무 가지 사이로 날아다니고, 땅강아지가 흙더미를 뚫고 나올 때도 있다. 언덕에는 계절마다 꽃들이 번갈아 피고, 여름밤은 물빛에 반사되는 달도 볼 수 있다. 그러다 보면 언제 그랬냐는 듯 쓸쓸함은 저 멀리 가버리고 없다. 그래서 나는 자주 온천천을 걷는다. 걷다 보면 생각도 잡념도 없어지기 때문이다.

감정이 있다는 것은 살아있다는 증거다.

어느 날 문득, 평상시와 다른 감정들이 가슴을 뚫고 나올 때 당황할 필요는 없다. 잠시나마 자신에게 집중해달라는 신호이다. 여느 때와 다르게 느껴지는 지금, 이 순간의 감정에 감사하다. 나는 비어버린 커피잔을 들고 부엌으로 향했다. 갑자기 상쾌함이 담긴 페퍼민트 차를 마시고 싶어졌다.

찔레꽃 향기

오월은 찔레꽃이 피는 계절이다.

붉은 장미꽃이 울타리며 공원 할 것 없이 정열을 불태울 때, 찔레꽃은 언덕배기나 산기슭 아래 조용히 초록 덩굴 사이에서 하얗게 꽃을 피운다. 전국 방방곡곡 장미꽃 축제를 한다고 야단법석일 때, 나는 찔레꽃을 보러 산과 들판으로 나간다. 찔레꽃은 장미처럼 화려하지 않지만 향이 강하다. 사람들이 그냥 지나치지 않을까 하여 달콤한 향기로 유혹할 줄 아는 자기만의 독심술을 가지고 있다.

어릴 적 초등학교가 걸어서 30분 정도 걸리는 윗마을에 있었다. 우리 마을에서 학교까지 긴 신작로가 쭉 뻗어 있다. 넓은 논들 사이로 신작로가 놓여 있어 겨울에는 허허벌판이다. 아침 등굣길은 지각과 벌이라는 무시무시한 괴물 때문에 곧장 신작로를 따라 올라가야만 했다. 하지만 집으로 돌아가는 길은 제법 여유가 있었다. 굳이 신작로를 따라 내려갈 필요가 없다. 우리는 큰 내를 따라 내려왔다.

냇가 언덕배기는 봄이면 찔레 순이 돋아나 출출한 배를 채울 수 있었다. 비록 가시가 있는 찔레순이지만, 워낙 여린 탓에 손쉽게 껍질을 벗겨내고 속살을 아삭아삭 베어 먹을 수 있다. 입으로 쏙쏙 들어간 찔레순은 듬뿍 물기를 머금고 있어 단맛과 떫은맛이 입 안에서 어우러진다. 찔레순이 봄 햇살을 먹고 조금씩 자라나 버리면 우리는 신작로 양 갈래 논에 심어진 어린 양파를 쏙 뽑아 한 꺼풀 한 꺼풀 벗겨서 먹었다. 입 안이 아릴 정도의 매운맛을 누가 더 잘 먹나 친구랑 내기하면서 눈물 콧물 콕콕 찍어대며 먹었더랬다. 그러다 누군가 "졌다."라는 말이 끝나기도 전에 누구 할 것 없이 냅다 근처 샘으로 달려갔다. 농약을 뿌리지 않았던 시절, 샘물은 맑고 물맛은 시원하고 달았다.

육 남매의 막내로 태어난 나는 오빠들과 달리 기와집에 살았다. 일주일에 몇 번씩은 고기와 생선을 먹을 수 있었다. 하지만 유독 밥 먹기를 싫어하는 나는 쌀밥과 고기반찬보다는 친구들이랑 들로 산으로 다니면서 지천으로 널린 군것질거리를 더 좋아했다. 찔레꽃이 필 무렵이면 산딸기가 지천으로 널려 있다. 붉고 탐스러운 산딸기는 새콤달콤했다. 그래서인지 밥 먹을 때는 엄마와 실랑이를 자주 벌였다. 먹지 않으려는 나와 한 숟가락이라도 더 먹이려고 하는 엄마 사이에서도 딱 한 가지 타협점이 있었다. 외할머니 집에 데려간다는 조건이면 몇 숟가락을 먹긴 했다.

외할머니댁은 물을 길어 올리는 작두펌프가 있었다. 나는 외할머니 집에서 펌프질하는 게 좋았다. 우리 집은 두레박으로 우물을 퍼 올리지만, 외할머니 집은 펌프질 몇 번 하면 물이 콸콸 쏟아져 나왔다. 물론 힘이 약한 내가 펌프질하면 물이 잘 나오지 않아 언제나 사촌 오빠들의 도움을 받았다. 하지만 언제나 선두는 나였다. 펌프 아래 놓인 양철 양동이에는 항상 물이 담겨있다. 이 물을 버리면 절대 안 된다. 외할머니께서 박으로 만들어 놓은 내 얼굴만 한 바가지에 물을 가득 담아 펌프 안에 넣어야 한다. 물이 적으면 펌프질을 해도 물이 나오지 않는다. 적당한 물의 양을 넣어야 하는데 언제나 내가 퍼부은 물 한 바가지가 적당했다. 지금 당장은 힘이 없지만 언젠가 스스로 폭포수 같은 물을 쏟아 내리라는 다짐을 하며 마중물을 조심조심해서 붓는다. 그리고 오빠들의 도움을 받아 함께 펌프질한다. 그러면 신기하게도 양철 양동이에다 물을 콸콸 쏟아냈다. 적어도 내 눈에는 그 어떤 폭포보다도 더 웅장하고 시원했다. 하지만 계속 펌프질을 할 수는 없었다. 꼭 물이 필요할 때만 해야 하기에 나는 대청마루에서 항시 대기 중이었다.

어머니는 시간이 나면 외할머니 집에 나를 데리고 가곤 했다. 하지만 농사철에는 꼼짝없이 집에 있거나 아버지와 어머니가 논밭에 가면 따라가는 것으로 허전함을 대신했다. 가슴이 허한 공간을 아버지와 어머니는 맛있는 새참으로 메워 주셨기 때문이다. 사카린을 넣어 찐 감자, 붉은 강낭콩을 듬뿍 넣어서 만든 술빵 같은 것이 전부였지만 군것질거리가 많은 지금보다 더 꿀맛 같은 맛이었다. 우리 집은 오빠들이 많아 나를 필요로 할 만큼 일손이 귀하지 않았다. 막내딸의 특권으로 새참을 든든하게 먹고는 느티나무 아래에서 낮잠을 자는 게 전부였다.

그날 밤은 휘영청 보름달이 감청색 하늘에 떠 있는 밤이었다. 나는 엄마의 밤마실 동무가 되어 에움길을 돌아 근처 마을에 갔다. 유달리 허약하게 태어난 나는 늘 엄마의 등에 업혀 다녔다. 가끔 골목에서 친구들과 고무줄놀이나 공기놀이를 하였지만 아줌마들이 모이는 곳에 끼여서 노는 걸 더 좋아했다. 그래서인지 늘 아줌마들이 나를 놀리곤 하였다. 학교에 들어갔는데도 여태껏 엄마의 등에 업혀 다닌다고 하면서도 간식거리를 늘 먼저 챙겨주는 정이 많은 아줌마들이다.

보름달에 비친 엄마의 하얀 고무신과 찔레꽃은 눈처럼 희고 아름다웠다. 코끝을 자극하는 달콤한 향기에 취해 몇 발자국을 걷다 보면 어김없이 찔레꽃이 피어 있다. 하지만 아찔한 향기는 때론 위험하다. 어쩌다 찔레나무 아래 뱀을 보곤 하였기 때문이다. 그래서 더욱더 엄마의 등에 업혀 다녔는지 모른다. 엄마의 등에서는 늘 향긋한 찔레꽃 내음이 났다. 분(粉) 하나 없이 지내는 엄마에게 향긋한 꽃내음은 늘 나를 편하게 해주었다. 집으로 돌아오는 길에는 엄마의 꽃내음에 스르르 잠이 들곤 하였다. 이제는 나를 업어주는 젊은 시절의 엄마도, 마실을 함께 다니는 친구 같은 엄마도 없는 지금, 나는 누구랑 이 봄날에 마실을 다닐까.

마실 나가기 딱 좋은 날씨! 하늘은 청명하고 바람은 적당히 불어왔다. 초록 내음이 코끝을 자극한다. 이럴 때 못 이긴 척 집을 나선다. 집 밖으로 몇 발자국을 걸으면 온천천 벚꽃 가로수길이다. 어디선가 달콤한 향기가 난다. 익숙한 향기는 분명 찔레꽃이다. 이곳에 찔레꽃이 있었단 말인가? 향기에 이끌려 가보니 하얗고 보슬보슬한 꽃송이가 소복소복 피어 있다. 찔레꽃!! 벌들이 윙윙거리며 찔레꽃 주위로 몰려 날아다닌다. 아! 아찔한 현기증이 몰려온다. 아슬아슬하게 뻗어오는 찔레꽃의 유혹에 벌이 되어버려도 좋겠다. 어머니의 등에 업혀 다시 외갓집으로 갈 수만 있다면…….

찰나의 순간

몇 년을 정신없이 살다 보니 어느새 중년의 계절에 서 있었다. 거울 앞에 선 여인이 낯설다. 거울에 비친 여인의 얼굴에서 삶의 공허함과 우울한 그늘이 서려 있다. 세상의 중심에서 밀려나 아무도 모르는 곳에 서 있는 자신이 마치 출구 없는 문 앞에 서 있는 아이 같다. 그녀는 막막함이, 어둠 속 울적함이 그녀를 에워싸고 있음을 알았다.

바람이 좋은 어느 가을날, 도서관에 들렀다. 책장 구석 모퉁이에서 찾아낸 빛바랜 시집 한 권이 눈에 띄었다. 뽀얗게 먼지가 쌓인 오래되고 낡은 표지가 그녀를 똑 닮았다. 그녀는 입김으로 먼지를 훅훅 털어내며 시집을 펼쳤다.

우리들은 가난해도 서럽지 않다

우리들은 외로워할 까닭도 없다

그리고 누구 하나 부럽지도 않다

흰밥과 가재미와 나는 우리들이 같이 있으면

세상 같은 건 밖에 나도 좋을 것 같다.

-백석, 「선운사」 중에서-

그랬다. 함께하기 위해 포기해야 했던 일들, 함께 했었기에 행복할 수 있었던 시간, 감사하고 소중한 것이다. 하이데거의 말처럼 때때로 삶이 무의미하다고 느끼는 것은 우리가 존재의 의미를 묻고 있기 때문이다. 자신을 한 번 들여다보고, 자신을 이해하고, 자신의 가능성을 깨달은 순간, 이 세계에, 이 우주에 존재하고 있음을 알게 된다.

박꽃 같은 웃음 한 조각을 가지고 그녀는 밖으로 나왔다. 서쪽 하늘이 물들어 가고 있었다. 늘 그랬듯이 어둠이 찾아오는 세상은 슬픈 외로움을 주었다. 그런데 말이다. 그날은 붉게 물들어 가는 석양에 아름다운 무지개가 떠올랐다. 어디선가 향긋한 꽃내음이 그녀의 심장을 파고들었다.

그녀는 마무리되지 않았던 공부를 시작했다. 가끔 체력과 기억력에 상실감이 몰려올 때도 있었다. 그때마다 이것 또한 행복이라고 생각하니 힘듦도 잊어버렸다. 무슨 일이든 잘하려고 하는 것보다 즐겁게 하려고 하니 만성두통도 사라졌다. 아등바등한 삶보다 유유자적한 삶이 좋고, 이기려고 하는 것보다 함께 어울릴 수 있는 놀이가 좋았다.

삶을 어떻게 살아가야 하는 것보다 지금 어떻게 살고 있는지가 중요하다. 새벽에 들리는 새소리가 어느 음악보다 유쾌하고 아름답다. 잠시 침대에 누워 새소리를 듣고 아침을 향해 다가오는 여명을 맞이한다. 그리고 천천히 자리에서 일어나 부엌으로 가서 앞치마를 두른다. 어느새 행복이 익어가고, 상쾌하게 차려진 밥상에 하나, 둘 자리 하나씩 차지하고 앉는다. 소박하게 차린 밥상에도 감사하게 먹어주는 가족이 있기에 아침의 작은 고단함도 잊을 수 있는 것이리라.

그녀는 소망한다.

지금의 모습이 화려한 꽃이 아니라도 괜찮다. 들판에 핀 이름 모를 꽃이면 뭐 어떠리. 앞으로 할 일이 또한 얼마나 많은가. 그동안 가슴속에 간직한 꿈들을 지금부터 하나씩 실천해가면 되리라. 허락된 하루를 살아갈 수 있음에 감사함을 찰나의 순간에도 잊지 않기를 바란다.

한 그루 버팀나무에 둥지를 틀고

사람도 물건도 집착하는 편이 아니다. 오면 보고 오지 않으면 잘 있으리라 생각한다. 물건도 있으면 좋고 없어도 그다지 불편하지 않으면 잘 사지 않는 편이다. 또한 말을 하는 편보다 듣는 것이 더 좋다.

그래서인지 한동안 뜸하다가 연락이 오는 지인들이 많다. 그녀도 그들 중 한 사람이다. 잘 지내다 뭔가 심경의 변화가 있으면 나를 찾아온다. 이야기를 들어 줄 누군가가 필요한 것이다. 그렇다고 해서 내가 그녀의 고민을 해결해 주는 것이 아니다. 그녀의 이야기를 들어주고 공감해 주는 것이 전부다.

살다 보면 잠시 모든 것에서 벗어나고 싶을 때가 있다. 그때마다 찾아갈 곳이 있다면 행복한 사람이다. 내게도 그런 시간이 있었다. 어릴 적, 학교를 마치고 돌아온 집에 어머니가 없으면 허전했다. 어쩌다 어머니가 집에 계신 날은 그저 좋았다. 책가방을 마루에 휙 던져버리고 친구들과 놀기 위해 동구 밖으로 나가면서도 어머니가 집에서 나를 반겨주길 원했다.

어머니의 사랑을 그림으로 그릴 수 있다면 어떻게 그려낼 수 있을까. 이찬우 신부가 쓴 『나물 할머니의 외눈박이 사랑』에 나오는 신부의 어머니처럼 살아왔던 분이 나의 어머니다. 자식을 위해서, 가족을 위해서, 숱한 시간을 하루도 쉴 틈 없이 일하며 보내셨던 어머니! 노년이 되어서도 사그라진 몸으로 텃밭에 갖가지 채소를 심어놓고 자식들이 오면 알뜰살뜰 챙겨주셨다.

더구나 어머니는 하루도 빠짐없이 새벽기도를 올렸다. 어머니의 기도는 당신을 위한 기도가 아니다. 자식을 위한 기도다. 찬 바람이 불면 감기가 들지 않았는지, 더우면 더위 먹느라 고생하지 않는지, 걱정하시는 분이 바로 어머니다.

어머니가 자식들에게 바라는 것은 아주 작은 것이었다. 자식 얼굴 한 번 더 보고 싶고 따스한 밥 한 끼를 함께 먹는 것이 기쁨이자 행복이었다. 어머니는 어미 새가 끊임없이 새끼 입에 먹이를 물어다 주는 것처럼 주기만 했다. 더구나 어머니의 둥지는 세상에서 가장 안전한 곳이자 삶의 고달픔을 잊어버릴 수 있는 곳이다. 오로지 바람 소리를 즐기고 햇살을 품으며 따스한 밥 한 끼에 행복이 가득한 안식처다.

어머니는 자식들이 살아갈 수 있게 해주는 버팀목이다. 비바람이 불어오면 우산이 되어 주시고 강렬한 햇볕이 내리쬐면 그늘을 만들어주신다. 잠시 어머니께 소홀하더라도 자식을 탓하지 않고, 어느 날 불쑥 찾아오는 자식을 반갑게 맞아 준다. 행복을 찾아 긴 세월 동안 방랑의 길을 떠났던 소년이 집에 돌아와서야 비로소 행복을 찾았다는 이야기가 있다. 어머니가 계신 곳, 바로 그곳에 행복이 있었기 때문이다.

나도 어느새 나이가 들고 부모가 되었다. 하지만 여전히 나는 어머니가 그립다. 삶이 힘들고 지칠 때 어머니께 달려가면 보듬어 주실 것만 같다. 기억 속의 빛바랜 사진들을 하나씩 끄집어내야만 하는 어머니와의 추억들! 살아계실 때 좀 더 많이 가볼 것, 후회만 남는다. 한 번만이라도 창호지 바른 문틈으로 찬바람이 들지 않는지, 혹 어머니 마음에 찬 바람이 일지 않는지 살펴볼 수 있다면 참 좋겠다.

성인이 된 아이들이 바다 건너에 산다. 부모의 품을 떠나 그들만의 세계를 이루며 살아가는 아이들이 처음에는 서운하기만 했다. 돌이켜보면 나 역시 부모의 품을 떠나 내 인생을 꾸려가며 살았는데도 말이다.

아이들이 불쑥 나를 찾아올 때는 잠시 삶의 무게를 내려놓고 싶을 때이다. 내게는 그 시간이 행복하다. 비건인 아이들을 위해 건강한 밥상을 챙겨주는 기쁨을 누릴 수 있는 시간이다. 특별한 것도 없다. 함께 요리하고 산책하며 이런저런 이야기를 나누는 게 전부다.

그러다가 어느 날 아침에 이제 가야겠다며 배낭을 메고 아이들이 떠난다. 그러면 나는 허전함을 쓸고 고요를 줍는다. 내 어머니가 그랬듯 또다시 한 그루의 버팀나무로 남아 햇살을 담고 별빛을 품을 것이다. 훌쩍 떠났다가 언제든 찾아와 편히 쉴 수 있는 삶의 안식처가 되도록 말이다.

기억의 파편

담배가 건강에 해롭다는 사실을 누구나 알고 있다. 그러나 담배를 끊을 수 없는 것은 무엇 때문일까.

어머니는 첫 딸을 무척 예뻐하셨다. 물론 나는 어머니가 애지중지했던 언니를 본 적이 없다. 사진으로도 볼 수 없었다. 왜냐하면 오빠와 언니들의 어린아이 시절에 찍었던 사진이 한 장도 있지 않은 걸로 봐서 당시 사진은 다른 나라 사람들의 일상인 것이 분명하다. 어쨌든 어머니는 결혼 후 처음으로 품었던 그 딸을 열여섯 해까지 가난한 살림에도 불구하고 금지옥엽으로 키웠다. 그런데 어느 날 손쓸 틈도 없이 갑자기 아프더니 간다는 말 한마디 없이 저세상으로 가 버렸다고 한다. 그리고 어머니는 그날부터 담배를 입에 대었다는 것이다.

어릴 적 마루에 항상 엽초와 담뱃대가 놓여 있었다. 어머니는 담배 연기 속에서 딸의 얼굴을 떠올려 보았고, 연기가 사라지면 다시 연기를 만들었다.

나이 차이가 이십 년 넘게 나는 그 언니를 한 번도 본 적이 없지만 늘 함께 있었던 것처럼 착각을 하게 한 것은 어머니의 말 한마디 때문이었다. "참말로 예쁘데이. 인형 같았재." 그랬다. 어머니는 첫 딸을 잊지 못했다. 첫 딸을 잃고 두 딸을 더 낳았어도 한 번도 예쁘다는 말을 한 적이 없었던 걸로 봐서 첫째 언니가 예쁘긴 예뻤나 보다. 텔레비전에 나오는 수많은 여배우도 그 딸에 비하면 예쁜 축에 들어가지 못했으니까.

어머니는 그 딸을 눈을 감는 순간까지 잊지 못했던 것 같다. 딸에 대한 그리움을 담배 한 모금에 담고, 나이 쉰에 아버지를 보낸 후 또 담배 한 모금을 더 했다. 그리고 듬직했던 큰 오빠의 죽음 뒤에 어머니는 잠시 끊었던 담배를 다시 피우셨다.

어머니와 단둘이 살았을 때, 마루에 앉아 담배를 피우는 어머니를 이해하지 못했다. 어릴 적 죽을 고비를 넘긴 나는 기관지가 좋지 않았다. 담배 연기를 맡으면 기침이 나왔고 머리가 지끈지끈 아파졌다. 담배 연기가 너무 싫었고 담배 냄새도 고약했다. 그런데도 나는 뭐라고 말할 수 없었다. 담배 연기 속에 어머니의 시름이 하나씩 날아가는 것 같았다. 어머니의 시름을 덜어줄 수만 있다면 그깟 담배 연기쯤이야 아무렇지 않았다.

지금 살고 있는 아파트는 금연 아파트이다. 그래서 흡연자들의 고충이 많다. 아파트 계단에서도 안 되고 심지어 화장실과 베란다에서 담배를 피우면 어김없이 민원이 발생했다. 창문을 열었는데 담배 연기가 올라오면 비흡연자는 당연히 힘들다. 간접흡연이라는 말이 왜 생겼겠는가 말이다. 오늘 저녁에도 담배 연기가 들어오는지 확인하고 창을 연다. 담배 연기가 스멀스멀 들어오면 바로 베란다로 뛰어가서 창문을 닫는 일이 거의 매일 반복된다. 그렇다고 관리실에 연락하지 않는다. 담배를 피워야 하는 이유가 있을 테니까. 어머니가 그랬던 것처럼 나름의 이유가 있을 것이다.

언제였던가. 나도 담배를 피우고 싶다는 생각을 아주 잠깐 한 적이 있다. 속이 꽉 막히는 답답함을 무엇이라도 좋으니 뚫어야 했다. 그때 왜 어머니의 담배 연기가 떠올랐을까. 그러나 곧 포기했다. 담뱃불을 붙이는 순간에 바로 후회할 테니까. 더구나 나는 어머니의 슬픈 진액을 무엇보다 이해하면서도 싫어했으니까. 어머니의 슬픔과 외로움 그리고 고통을 누구보다 잘 알기에 만약 내가 담배를 피운다면 어머니처럼 살 것 같았다. 대신 나는 담배 대신 찻물을 끓었다. 청량한 바람 소리가 담긴 푸른 잎을 띄워 휘적휘적 앞으로 나갈 것이다.

진정한 어른으로 살아간다는 것

카프카가 쓴 아버지에게 보내는 편지를 읽어 내려갔다. 그의 말들은 한 세기를 지난 지금에도 이 시대의 부모들이 깊게 새겨들어야 한다. 부모의 말 한마디, 몸짓 하나에도 아이에게는 힘이 되거나 상처가 될 수 있다.

카프카의 아버지는 말대꾸를 허용하지 않았고 자주 손을 올리는 행동 때문에 카프카는 아버지 앞에만 서면 말을 더듬거리고 우물쭈물하였다. 아버지의 강압적 교육방식인 욕설, 위협, 반어법, 악의적인 웃음 등은 오히려 자식들에게 반항과 혐오감 그리고 증오심을 불러오게 하는 결과를 초래했다.

카프카는 자신의 글을 읽어보려고 하지 않는 아버지, 아버지한테 벗어날 수 있을 거라 생각했던 자신의 결혼과 실패, 아버지에게 가지고 있던 공포의 근거들을 편지에 길게 적어 내려갔다. 하지만 끝내 부치지 못한 편지, 전달되지 못한 편지는 부자간의 갈등과 어그러진 관계를 끝내 회복시키지 못했다.

부모가 되면서 제일 먼저 든 생각은 좋은 엄마가 되겠다는 것이었다. 아이의 첫걸음마에 기뻐하고 가방을 메고 학교에 가는 아이의 뒷모습에 뿌듯했다. 아이에게 좋은 엄마가 되기 위해 온갖 체험활동을 함께 하였고 틈만 나면 여행을 다녔다. 그러나 제일 중요한 것이 빠져 있었다는 것을 그때는 몰랐다. 아이의 눈높이에서 함께 보고 아이의 마음 상태를 읽지 못했다. 분명히 아이들이 좋아하겠지, 했던 일들은 지금 생각해보면 모두 엄마인 내 생각이고 계획이었다.

1914년 11월 12일, 카프카는 일기장에 자식들에게서 감사하는 마음을 기대하거나 요구하는 부모는 고리대금업자와 같으며 이자만 받을 수 있다면 부모들은 기꺼이 자본을 잃을 위험도 무릅쓴다고 적었다. 이는 카프카가 평소 부모들에게 느끼고 생각했던 것을 솔직하게 표현한 것이다. 부모들은 그들의 헌신과 사랑을 알아주길 바라는 마음을 적잖이 가지고 있는 게 사실이다.

어느 순간 깨달았다. 아이들이 스스로 생각하고 책임지고 세상을 살아갈 수 있게 옆에서 지켜봐 주고 격려해주어야 한다는 사실을 알았다. 부모의 역할은 그것만으로 족하다. 부모는 자식이 행복하게 살아가길 바란다. 그런데 행복의 기준이 부모의 관점에서 비롯된다는 것이 문제이다. 학교, 직업, 결혼 등 모든 것이 부모가 정한 테두리 안에서 허용된다는 것이다.

행복해야 할 주체는 분명 아이들이다. 그런데 그 과정에 아이들이 없다. 행복하고 건강하게 살기를 원한다면 아이들이 하고 싶어 하는 것과 좋아하는 것을 하도록 해주어야 한다. 그렇지만 말처럼 쉽지 않다. 하지만 끊임없이 도전하는 것을 바라봐야 하고 실패하더라도 질책보다 많이 격려해주어야 한다. 스스로 문제를 인식하고 반복되는 실패에도 대담할 수 있도록 격려와 위로를 해줄 수 있어야만 한다.

부모는 아이들이 안정된 삶을 살길 원한다. 대부분은 그럴 것이다. 나 역시 아이들이 하루빨리 안정된 삶을 살아가면 좋겠다고 생각하니 말이다. 하지만 거기에는 '행복'이 함께 해야 한다는 전제조건이 있다. 그것도 부모가 아니라 아이들의 행복이다.

어느 시대나 마찬가지겠지만 부모로 산다는 것, 어른으로 살아간다는 것이 힘들다. 좋은 부모? 좋은 어른? 말처럼 쉽지 않기 때문이다. 좋은 부모가 되는 것이 어떤 것이라고 단정 지어 말할 수 없다. 다만 그때마다 나는 지나온 삶의 흔적들을 되짚어본다. 내 의사와 상관없이 사막 한가운데 내던져진 날도 있었다. 그때마다 원하는 삶이 무엇인지 생각하였고 삶의 의지에 따라 그곳에서 벗어날 수 있었다. 가족들이 찬성하지 않았지만 공직 세계에 들어가고 싶어 학원비를 벌면서 공부했다. 아이들과 나를 위해서 안정된 직장도 과감하게 그만두었다. 그 뒤 우울증이라는 녀석이 뒤따라왔지만 자신에게 집중하는 시간을 가지며 극복했다.

지금까지 내가 하고 싶어 하는 것을 하면서 살았고 원하는 삶을 살기 위해 노력했다. 비록 내세울 만한 명예나 부는 없을지라도 지금, 이 순간, 행복하다. 공부하고 글을 쓰며 강의하는 일을 하고 있지만 나를 학대하면서 하지 않는다. 어떤 사람들은 좋은 글을 쓰기 위해 자발적인 자기 학대를 하는 삶을 선택하기도 한다. 그러나 나는 한 치도 모를 인생에 아등바등 사는 것을 원치 않는다.

나는 마음에 없는 소리도 못 하고 아부도 못 하며, 이해타산으로 인간관계를 유지하는 것을 무엇보다 싫어한다. 그런 까닭에 무심한 사람으로 보일 수 있었고, 상처받기도 하고 손해 볼 때도 있다. 그래도 거짓된 삶을 살아가는 것보다 낫다고 생각한다. 진실하지 못한 마음은 언젠가 들통날 것이고 거짓된 삶을 살면 진정한 행복이 무엇인지 모르고 살기 때문이다.

카프카에 의하면 모든 인간은 각자의 고유성을 가지고 태어나지만 학교와 가정에서 고유성을 말살하려는데 급급하다고 하였다. 그렇게 하는 이유는 교육을 수월하게 할 수 있고 아이들의 삶을 수월하게 해준다고 생각하기 때문이다. 그러나 이로 인해 아이들은 강요가 초래하는 고통을 겪지 않으면 안 된다.

아이들이 진정으로 원하는 것이 무엇인지, 좋아하는 것이 무엇인지, 스스로 삶의 중심이 되어 살아가는지에 대해 어른들은 진지하게 생각해본 적이 있을까. 행여 아이들이 인생 전부를 걸어보고 싶은 무언가를 찾을 기회를 말살하여 그들이 바라는 것을 제대로 꿈꾸지 못하도록 하지 않았는지 부모들에게 질문을 던져 본다. 아무리 부모가 좋은 의미에서 출발했더라도 그것이 아이들에게 기준이 되는 순간 폭력이 될 수 있다.

칼린 지브란은 『예언자』에서 자신의 삶을 열망하는 위대한 생명의 아이들은 부모를 통해 세상에 태어났지만 너희로부터 온 것은 아니라고 충고한다. 나아가 아이들이 너희와 함께 있다고 해서 너희에게 속한 것은 아니라는 것을 주지시킨다. 부모는 아이에게 사랑을 줄 수 있지만 생각을 줄 수 없다. 아이는 자기 생각을 가졌기 때문이다. 부모는 아이에게 육신의 집을 줄 수 있으나 영혼의 집까지 줄 수 없다. 그들의 영혼은 내일의 집에 살고 있기 때문이다.

이 세상의 아이들이 건강하게 살아갔으면 좋겠다. 건강한 육체와 건강한 정신으로 살아가도록 해주는 것이 어른들의 몫이다. 잠시 어머니의 육신을 빌려 세상에 태어난 아이들을 우리는 그들 스스로 자신의 길을 걸어갈 수 있게 해주어야 한다.

부모라면 언제나 자식들을 믿어주고 사랑을 주어야 하고 언제나 달려와 안길 수 있게 따스한 온기를 품고 있어야 한다. 직접 해주는 것이 마음 편하고 쉽게 갈 수 있도록 길을 안내해 줄 수도 있다. 하지만 아이들 스스로 삶의 주체가 되어 세상을 당당하게 마주 보며 걸어갈 수 있도록 묵묵히 기다려 주는 것이 낫지 않을까.

부모들은 아이들 앞에 놓인 문제를 아이 스스로 직면하고 대응할 기회를 주어야 한다. 그들의 능력으로 자신의 길을 만들어 갈 수 있게 지켜봐 주고 아이들을 믿고 있다면 두려워하지 말아야 한다. 만약 부모가 두려운 마음을 가지고 있으면서 겉으로 숨기려고 해도 아이들은 쉽게 눈치를 챈다.

누구나 자신이 꿈꾸는 소망 하나쯤 가지고 살아간다. 마음속 깊이 들어있는 아름다운 소망을 포기하지 말아야 한다. 개개인이 꿈꾸는 하나의 꿈이 현실이 되었을 때 우리가 사는 이 세상이 얼마나 아름다울지 상상해 본다.

신념을 찾아

"우리의 마음은 밭이다. 기쁨, 사랑, 즐거움, 희망과 같은 긍정의 씨앗이 있는가 하면 미움, 절망, 좌절, 시기, 두려움 등과 같은 부정의 씨앗이 있다. 어떤 씨앗에 물을 주어 꽃을 피울지는 자신의 의지에 달렸다." 『화』의 저자 틱낫한의 말이다.

틱낫한의 말처럼 마음의 밭에 긍정의 씨앗을 골라 심고 물을 주어야 한다. 하지만 얼마만큼의 물을 주고 햇빛을 공급해야 하는지 알아야만 한다. 그래야 싹이 트고 꽃이 피며 행복의 열매를 맺을 수 있다. 우리가 행복의 열매를 맺기 위해 그 방법을 알 수 있다면 더할 나위 없이 좋을 것이다.

어느 날 어떤 문제가 우리 앞에 놓인다면 잠시 당황할지 모른다. 문제를 어떻게 극복해야 할지 그 방법을 찾아야 한다는 것을 알지만 '과연 해결할 수 있을까?'라는 자신에 대한 의심이 먼저 찾아온다.

크고 작은 패배를 한두 번쯤 겪었기 때문에 쉽게 다가갈 수 없다. 하지만 두려워할 필요가 없다.

신념은 어떠한 병도 고칠 수 있다. 여유를 잃지 말고 자연스러운 마음과 몸가짐을 갖도록 노력해야 한다. 어떤 문제에 부딪힐 때 신념 앞에서는 불가능한 일이 없다고 생각해보는 것이다. 어떤 문제든 해결책이 있기 마련이다. 이것이 어려운 것은 마음 때문이다. 자신이 곤란하다고 생각하기 때문에 곤란한 것이다. 난관이 있다고 생각하면 곤란이 뒤따른다. 난관을 극복하는 것은 자신의 심리 태도 여하에 달려있기 때문이다.

자신의 능력과 힘에 대한 확고한 신념을 가지고 당면한 문제를 침착하게 서둘지 말고 우리에게 이로운 요소들의 방법을 찾아보는 것이다. 신념은 언제나 우리의 마음 상태를 조종하는 사고 형태의 여하에 매여 있다. 우리의 마음속에 성공한 자화상을 찍어두고 그 자화상을 지울 수 없도록 강하게 인상을 붙어야 한다. 실패한다는 생각은 절대 금물이며 적극적 사고로 열등의식을 제거해야 한다. 무엇이든 할 수 있다는 것을 확신하며 자신이 필요로 하는 힘을 충분히 갖고 있다고 믿으면 되는 것이다.

그러한 힘은 평화로운 마음에서 생긴다. 여유를 갖고 생각하며 모든 사실을 종합 분석해 보고, 모든 문제점을 기록해 놓고 찬찬히 보는 것이다. 근심의 습성을 고치는 방법은 고민, 공포, 불안감에서 벗어나 마음을 공백 상태로 되도록 하는 것이다. 그리고 모든 고민과 공포의 불안감으로부터 해방되어 있다는 것을 확신한다.

상상한다는 것은 현실적인 결과를 구체화하려는 심리적인 이미지의 활용이다. 오랫동안 우리의 마음속에서 자라는 굵다란 걱정, 근심의 거목(巨木)이 될 수 있는 덩치를 작게 하여 처리하는 것이 손쉽다. 그러므로 사소한 걱정거리부터 먼저 제거하는 것이 상책이다. 이것 역시 자신에 대한 확신의 신념이 필요하다.

마음이 공백으로 되는 즉시 창조적이며 건전한 생각으로 마음을 채우지 않으면 안 된다. 혼란과 공포에 떨게 하는 것은 아무것도 없다고 생각하며 모든 것이 곧 지나가리라 확신한다. 어떠한 문제나 일에 부딪혀도 자신감을 장착하고, 평화로운 마음을 간직하고 건강을 유지해 가면서, 지칠 줄 모르는 힘을 길러야 한다. 생각의 전환은 새로운 힘을 줄 것이고 인생을 열 수 있는 행복의 열쇠가 될 것이다.

침묵은 마음의 평화를 발전시킬 수 있는 또 하나의 효과적인 방법이다. 매일 일과처럼 침묵을 지키는 연습을 하는 것이다. 아름다운 경험의 벽화를 그리고 그 벽화가 주는 회상 속에 자신을 집어넣어 평화로운 감정을 느껴보는 것도 좋은 방법이다.

우리는 주어진 일에 얼마나 만족해하며 행복할 수 있을까. 가장 강력한 힘은 정신적인 힘이다. 최악이 아닌 최선을 기대하여야 한다. 자립독행(自立獨行)하고 적극적이며 낙관적이고, 자기가 맡은 바 일에 성공하리라는 확신을 두고 실행하는 사람은 자신의 환경을 개선하고 향상할 수 있다. 또한 대자연의 창조적인 힘을 끌어들일 수 있다. 그러기 위해 지칠 줄 모르는 정력을 가지고 있어야 한다. 무리하거나 지치지 않게 하는 가장 확실한 방법은 관심을 두고 몸과 정신을 몰입하는 것이다. 무슨 일이든지 싫증을 느끼도록 해서는 안 된다. 우리가 하는 일에 관심과 흥미를 갖고 몸과 마음을 한 가지 일에 몰입하는 생활 태도를 견지해야 한다.

이 모든 것은 우리가 행복하기 위해서다. 행복에 이르는 길에 대한 해답은 바로 자신에게 있다. 행복과 불행은 거의 모든 경우에 있어서 수양하는 마음의 습관에 달려있다. 유쾌한 마음을 지닌 자의 인생은 끝없는 향연과 같다. 하루의 결과는 그날 아침의 사고방식 여하에 좌우되는 수가 많다. 먼저 증오심과 고민에서 벗어나 자신의 마음을 해방하고 삶을 단순히 살되, 항상 기대를 품으며 남에게 많은 것을 줄 수 있어야 한다. 그러나 그게 말처럼 쉬운 게 아니다. 그때마다 신념에 다가가 손을 내밀어 보는 것도 좋겠다.

상실, 그 이후

우리는 얼마나 많은 착각으로 세상을 살아가고 있을까.

배려라고 생각했던 것이 오히려 상대에게 독이 될 수도 있는 경우를 겪기도 한다. 사소한 오해가 걷잡을 수 없는 관계로 나가기도 하고 작은 이해 하나로 관계가 더 돈독해질 수도 있다.

우주라는 거대한 공간에 인간으로 살아가는 우리는 갈등, 고뇌, 아픔, 상처, 슬픔에서 비롯된 감정이라는 소용돌이에 휘말리며 살아간다. '나'라는 개인은 '너'라는 개인을 만나 '우리'로 다시 태어난다. 하지만 우리보다는 나는 나요 너는 너라는 인식의 조각들이 점점 많아지고 있는 것이 현대의 삶이다.

우리는 삶에서 느끼는 절박한 외로움과 삶의 무게를 가지고 살지만 다른 사람에게 보이기를 두려워한다. 그들은 서로를 배려한다고 착각하면서 침묵으로 일관하거나 다른 사람의 삶에 들어가고 싶지 않다. 왜냐하면 타인의 고통까지 감내하고 싶지 않기 때문이다. 스쳐 지나가는 사람들에게 무관심으로 일관하듯 우리는 타인의 삶까지 신경 쓰고 싶지 않다. 무관심을 가장한 침묵과 언어소통의 절제 속에 살아가는 현대인의 삶의 모습이다.

인간관계를 맺기가 점점 힘들어진다. 삶이 쉽지 않은 이유다. 꼰대라는 말이 생기고 라떼라는 말이 생겼다. 나이와 상관없이 두 단어가 공존한다. 이 역시 서로에 대한 배려와 이해가 없기 때문이 아닐까. 작은 말실수 하나로 인생이 혹은 관계가 엉망이 되는 요즘, 나이가 들수록 잘 늙어가기 위해 숙고하고 노력 중이다.

오래전 일이다. 집이 주는 삭막함을 달래줄 뭔가가 필요했다. 그것이 바로 식물이었다. 그해 겨울 끝자락은 유독 추웠다. 남향이지만 그래도 베란다에 있는 식물들이 걱정이었다. 특히 봉오리를 맺고 추위에 떨고 있는 난의 모습을 차마 보지 못한 척 할 수가 없었다. 그래서 이들만이라도 거실로 들어놔야겠다는 생각으로 안으로 자리를 옮겨 주었다. 수건으로 잎사귀를 닦아주면서 따스한 온기에 난이 곧 꽃을 피우리라 생각했다.

저녁에 퇴근하고 들어온 옆지기가 한마디 한다. 원래 난은 바람으로 사는 거란다. 자기 자리에서 추위도 견디고 차가운 바람도 이겨내며 자라야 한다고 했다. 그러나 이미 난의 떨림과 간절한 눈빛을 본 이상 다시 밖으로 보낼 수 없었다. 그렇게 몇 밤을 보낸 아침에 나는 화들짝 놀라고 말았다. 봉오리가 갈색으로 변해 가고 있었고 죽음의 그림자가 점점 드리워지고 있었다. '어쩌나, 어찌해야 하나?' 안절부절못했다. 얼른 다시 원래 자리로 난을 갖다 놓았다. 다음 날 아침, 난을 보기 위해 베란다로 갔지만 어젯밤보다 상황이 심각했다. '해가 뜨면 괜찮아질 거야.'라며 주문을 걸었다. 그러나 끝내 난은 꽃을 피우지 못했다. 몇 년 동안 잘 자라고 있었던 난에게 너무 미안했다. 미안한 마음은 쓰리고 아팠다.

그 후 식물 관련 책을 많이 읽었다. 무지가 불러온 참상을 더는 겪고 싶지 않았다. 하물며 식물도 그러할진대 사람과의 관계는 더했으면 더했지 덜하지 않다. 표정 하나, 손짓 하나, 말 한마디에도 어떤 이는 진실을 어떤 이는 거짓을 담고 있다. 그러나 우리가 어떻게 사람의 참모습을 파악할 수 있을까.

나이가 들면 혜안이 생긴다고 하는데 나한테는 해당되지 않는 말이다. 쉽게 사람을 믿고 모든 사람이 선한 마음이 있다고 생각했다. 그러나 상처받을 일을 몇 번 겪고 나니 관계맺기가 쉽지 않았다. 몇 날 며칠을 잠 못 이루며 보내지만 정작 당사자는 아무렇지 않으니 말이다.

침묵과 소통의 부재, 세상의 문과 단절, 지워진 그림자에서도 자기를 찾아가는 길을 우리는 오늘도 걷고 있다. 우주 속에 작은 생명체로 살아가지만 자신에게 주어진 삶의 연극무대에서는 주연 배우다.

삶을 살아오면서 나름의 인생철학이 생겼다. 모든 것을 상실했을 때도 또다시 무언가를 얻을 수 있다는 것도 알게 되었다. 상실 후의 삶의 빛깔을 선택할 수 있는 것도 바로 나라는 것도 알았다. 십 대 후반에 찾아온 병마, 누워 지내야만 했던 시간, 우울함과 절망이 먼저 찾아왔다. 그러나 쉼이 주는 효과도 좋았다. 한국문학 전집에서 세계문학 전집까지 읽고 헌책방에서 사 온 문학책까지 읽을 수 있었다. 그리고 어떻게 살아가야 할지에 대해 진지한 질문과 답을 찾는 시간이기도 했다.

몇 해가 지나도록 이파리 하나조차 뿜어내지 못한 나무를 베어버리기로 한 날, 톱날이 점점 안으로 들어갈수록 나무는 조금씩 속살을 드러냈다. 그러나 나무가 내뱉는 고통의 신음을 들을 수 없었다. 생명이 다한 나무일 뿐이다. 하지만 연갈색의 등걸 위로 뿌연 진액이 방울방울 솟아나는 것을 보고 비로소 알게 되었다. 생명이 고갈된 것처럼 보이지만 가는 실처럼 삶이 흐르고 있었다는 것을 말이다.

살면서 여러 가지 시련이 찾아오곤 한다. 하나씩 찾아오면 좋으련만 어떨 때는 폭풍처럼 다가와 갈피를 잡지 못했던 날들도 있었다. 그때마다 일단 침묵으로 들어갔다. 그리고 내가 할 수 있는 부분은 하되 안 되는 부분들은 운명에 맡겼다. 그랬더니 문제가 자연히 해결되어 있었다. 내려놓아야 할 부분은 과감하게 내려놓으면 되는 것이다. 그러면 되는 것이다. 사람과 사람 사이에도 물 흐르듯이 지내면 조금은 편한 관계가 되지 않을까.

물들다 적시다

오랜만에 산길을 걸었다. 경사로가 거의 없는 길은 걷기가 수월하다. 시간은 여릿한 연둣빛에서 진녹색으로 탈바꿈시켜놓더니 어느새 숲은 노랗게 혹은 주황색 잎으로 가득했다. 숲은 공기의 흐름에 따라 다른 채색으로 하루를 열고 있었다.

나는 아주 가끔 산을 찾는다. 정상까지 올라가는 데는 관심이 없다. 젊은 시절에는 전국의 유명한 산을 오르기도 했다. 아직도 기억나는 산은 이십 대에 올랐던 한라산이다. 젊은 나이였지만 첫아이를 낳은 후 일 년 동안 운동을 하지 않았던 때였다. 산에 올라가기에는 무리가 있었다. 지금처럼 산길이 잘 정돈되지 않았던 시절이었다. 함께 등반에 나선 여자 선배들은 모두 중간에서 내려갔다. 백록담을 직접 눈으로 보고 싶다는 열망에 나는 중도에 포기하고 싶지 않았다. 동트기 전에 올랐던 우리는 점심시간이 한참 지난 후에 백록담을 볼 수 있었다. 물이 담겨있을 거라고 상상했었는데, 착각이었다.

바짝 메말라 있었다. 깊고 움푹 파인 커다란 웅덩이만 내 눈앞에 펼쳐져 있었다. 그래도 좋았다. 땀을 식혀 주는 바람이 달고 시원했다. 언제 또 이곳에 오를까 싶어 포기하지 않았던 자신이 좋았다.

산은 오를 때도 힘들지만 내려올 때가 더 힘들고 위험하다. 등산화가 아닌 운동화로 산에 올랐으니 내려올 때는 더욱 조심해야만 했다. 아니면 미끄러져 발이 삐끗할 수 있었다. 함께 올라갔던 남자 선배들의 조언과 도움의 손길을 받아야만 했다. 깜깜한 밤이 되어서야 산 아래까지 내려올 수 있었다. 선배들은 허약한 내가 한라산 정상을 찍고 왔다는 사실에 모두 대견해했다.

한라산 정상에서 내려다본 풍경은 생각나지만 올라갈 때와 내려올 때 마주했을 나무, 꽃, 풀 등은 생각나지 않는다. 새소리가 들렸는지 어떤 곤충들이 사는지도 모른다. 그 이후부터 나는 정상에 대한 집착을 버렸다. 산 주위를 한두 시간씩 천천히 걷다가 오는 것이 좋다. 풀들의 스침이 좋고 풀꽃의 앙증맞은 모습을 쭈그려 앉아 오랫동안 내려다보는 것도 좋다. 나비들의 유희를, 새들의 날갯짓을 그저 보기만 해도 마음이 편하기에 그것만으로 족하다. 더는 바랄 게 없는 평화요 휴식이다.

인생도 산에 오르는 것과 같다. 한때는 세상을 살아가는 것이 버겁기만 했다. '왜?'라는 물음표만 품은 채 하루하루를 보내면서 상처받은 가슴을 위로하지 못한 채 아파했다. 몸과 마음이 지쳐 사는 것이 무의미해졌다. 그때 손을 내밀어준 사람이 나타났다. 함께 길을 걸어주고 물 한잔 슬쩍 내밀어주거나 내 이야기를 말없이 들어주었다. 굳게 닫혀 있던 마음의 빗장이 풀리면서 문밖의 세상과 마주할 수 있었다. 그저 곁에 있어 준 한 사람의 벗으로 인해 그렇게 세상 속으로 한 걸음씩 걸어갈 수 있었다.

며칠 동안 내리던 비가 잠시 그쳤다. 잎사귀들은 잎에 고인 비를 연신 흘려보내느라 바빴다. 잎이 힘겨울 때마다 바람이 무심하듯 도와주었다. 스치는 바람의 손길에 무겁게 고인 빗방울들이 대지로 향했다. 대지를 적신 비는 작은 웅달샘을 만들었다. 하지만 세상을 다 적셔버리고 말겠다는 비는 그렇게 하루하고도 반나절 더 내렸다.

오랜만에 만난 그녀는 소리 없이 눈물을 흘렸다. 눈물은 그녀의 뺨과 목덜미를 적시고 있었다. 조용히 천천히 속울음이 세상으로 걸어 나왔다. 그간의 힘듦과 혼자 감내했을 그녀의 시간이 온전히 전해져 왔다. 섣부른 위로도, 함께 눈물을 흘릴 수 없었다. 처음부터 그녀의 곁에 없었던 것처럼 가만히 앉아 있었다. 그녀의 토해냄이 멈춰질 때까지, 오래오래, 시간이 흘러갔다.

노을이 붉게 타올랐다. 어느 순간 슬픔만 가득했던 시간이 무덤덤하게 볼 수 있는 시간으로 다가왔다. 시리도록 차가워진 창백한 푸른 모조지에 어느새 황금색 노을빛으로 채워졌다. 하루를 이겨낸 시간과 또 하루 견딤의 시간이 몇십 년의 세월과 희석되면서 인생 역시 노을처럼 타오르기도 하고 스며들기도 했다. 그렇게 그녀와 나는 세상 속으로 물들어 갔다.

비가 자연을 적시듯 눈물이 마음을 적시듯 우리는 누군가에게 다가간다. 스며듦이 누군가에게는 위로가 되고 누군가에게는 살아가는 매개체가 되듯 우리는 그렇게 함께 살아간다. 내가 너에게 물들 듯 네가 나를 적시듯이 말이다. 여름날 봉숭아 꽃잎이 소녀의 손톱에 피어나듯이 누군가의 마음이 또 다른 누군가에게 다가가 물들 것이다.

아침 안개는 하루의 문을 열고 밤의 노래와 고요는 창문이 되어 잠든 나를 지켜주었다. 어느새 또 다른 세상이 그녀와 나를 따뜻한 색채로 물들이고 있었다.

4장

무경계

오늘도 별은 빛난다

밤이면 하늘을 올려다보는 습관이 있다. 미세먼지가 전혀 없는 날이면 도시에서도 별을 볼 수 있다. 도시에 살면서 탁 트인 하늘과 산을 보면서 살 수 있다는 것만으로 행운이다. 비록 드문드문 빛을 내고 있지만 이렇게라도 별을 볼 수 있으니 말이다. 언제나 고개를 들면 볼 수 있을 뿐만 아니라 메말라가는 정서에 생기를 불어넣어 주니 얼마나 축복인가.

유년 시절, 넓은 마당이 있는 기와집에 살았다. 여름이면 마당 한 가운데 평상을 놓았다. 밤마다 모깃불이 마당에서 타닥타닥 타올랐다. 평상은 온 가족이 모여 도란도란 이야기를 나눌 수 있는 공간이었다. 나는 어머니 곁에 누워 밤하늘을 올려다보았다. 셀 수 없을 정도의 무수한 별들이 금방이라도 내 얼굴 위로 소낙비가 되어 쏟아져 내릴 것만 같았다. 별자리의 이름을 잘 몰랐지만, 별들이 청잣빛 하늘에 촘촘히 박혀 있다는 사실 그 자체만으로 어린 내게는 아주 신기하기만 했다. 달까지 뜨는 밤이면 하늘은 멋진 그림들을 광활하게 펼쳐 보인다. 달 주위로 이름 모를 수많은 별이 춤을 추면 하늘은 그 누구도 감히 흉내 낼 수 없는 최고의 걸작을 만들어 낸다. 어쩌다 흰 구름떼들이 떠다니는 것도 볼 수 있다. 풀벌레들이 들려주는 노래와 하늘이 펼쳐주는 풍경에 청각과 시각은 한도 초과다. 어느 순간 스르르 감긴 눈과 귀는 어둠 속에 잠기고 마술처럼 밤하늘을 날아다니는 한 마리 새가 된다.

사람의 마음 상태에 따라 별이 달라 보인다.

그렇게 아름다웠던 별빛들이 싫어 땅만 바라보며 살았던 사춘기 시절이 내게도 있었다. 시간의 흐름은 이별의 시간을 주었고 그때마다 속수무책으로 무너졌다. 그런데도 여전히 달이 뜨고 별들은 빛나고 있었다. 여름밤의 평상 풍경과 마당을 밝히는 모닥불이 사라졌다. 밤하늘은 아름다운 것이 아니라 슬픔이었다. 나는 오랜 시간 동안 별과 달을 올려다보지 않았다. 그저 오는 시간을 묵묵히 견뎌냈다. 말없이 흘러가는 구름처럼 그들의 곁에 있었지만 동화되지 못한 채 홀로 떠돌았다.

그러던 어느 날, 깊숙이 가라앉아 있었던 검은 물체가 수면 위로 떠 올랐고 한바탕 회오리를 일으켰다. 슬픔을 온전히 끌어안아야만 한다고 속삭였다. 온몸 구석구석 슬픔이 스며들어 꺼억, 꺽, 목 놓아 울더라도 슬픔을 보듬어 안아야만 한다는 것이다. 그랬다. 슬픔과 원망의 습기들이 사라질 때까지 쏟아내야만 한다. 거짓말처럼 왈칵 쏟아져버린 홍수의 눈물 속에서 마침내 무거운 덩어리를 내려놓을 수 있었다. 그리고 아무 일 없었다는 듯 시치미를 뚝 뗀 고요 속의 강물, 그곳을 비춰주던 노랑 달빛이, 윤슬처럼 박힌 별빛들이, 왜 그리 아름다워 보이던지. 그날 이후로 다시 밤하늘을 올려다볼 수 있었다.

그 후 내 집을 갖게 되었다. 나는 맨 꼭대기 층으로 입주했다. 꼭대기 층을 선택한 것은 옥상을 마음대로 이용할 수 있었기 때문이었다. 퇴근 후 부랴부랴 집으로 돌아와 저녁을 먹고, 옥상으로 올라가면 하루의 모든 피로가 풀렸다. 주위의 수많은 불빛이 도시라고 말하지만, 전용 의자에 앉아 밤하늘을 올려다보면 고향 집 평상에 앉아 있는 것만 같았다. 다만 달라진 것은 별자리 이름도 웬만큼 알았고 이름 모를 별은 직접 이름을 지어주기도 했다. 때론 삶이 힘들고 지칠 때도 있지만 그때마다 하늘의 별은 여전히 주위에서 빛나고 있었다.

삶이란 늘 좋은 일만 있는 것이 아니다. 보이지 않는 시커먼 물체의 손이 불쑥불쑥 내밀기도 한다. 내민 손을 외면하며 뚜벅이처럼 길을 가다 보면 다시 일상의 행복 속으로 살아가게 된다. 가끔 이렇게 행복하고 평온해도 될까, 라는 생각이 들 때도 있다. 하지만 그때마다 무슨 일이 일어나면 또 헤쳐나가면 된다는 생각을 먼저 한다. 아마도 살아오면서 겪었던 경험들이 삶을 살아가는 지혜를 주는 것이 아닐까.

늘 그 자리에 묵묵히 기다려 주었던 그들이 곁에 있었기에 나를 억누르고 있던 짐을 내려놓을 수 있었던 것처럼 어차피 내 것이 아닌 것들에 대한 욕심을 버리면 된다. 살면서 문득문득 삶의 질문을 던지겠지만 답은 언제나 내 안에 있다. 삶의 모든 슬픔에도 불구하고 마지막 웃음 한 조각은 언제나 남아 있다. 그렇다. 행복은, 웃음은, 언제나 우리 곁에 있다. 단지 우리가 미처 발견하지 못할 뿐이다.

오늘도 별이 빛날 것이다. 어김없이 잠시 모든 것을 멈추고 밤하늘을 올려다볼 것이다. 내가 세상에 존재하고 있어 지금의 삶을 걸어갈 수 있듯 그 마음에 감사함을 담을 것이다. 신선한 밤의 공기가 온몸으로 스며들었다.

무경계에 서서

그저 바람 속에 살다 보면

길을 가다 터널을 만날 때가 있다. 훤히 앞이 보이는 짧은 터널이 있는 반면에 끝도 보이지 않는 긴 터널도 있다. 하지만 언제나 터널을 통과하면 또 다른 세상이 나타나거나 그 전과 똑같은 길들이 이어진다. 인생도 그렇다.

우리의 삶은 수필을 닮았다.

수필은 소설 속 가상 세계의 등장인물이 되어 다른 인생을 기웃거리지 않아도 된다. 그저 일상에서 느껴지는 소소한 정과 늘 만나는 이웃처럼 항상 가깝게 느껴지는 것이 수필이다. 그래서 다른 장르보다 수필을 자주 읽는다. 심오한 사상과 철학을 논한 글이라든지 수필이라지만 너무 난해한 수필은 사실 대하기가 부담스럽다. 한 편의 글에서 편안한 휴식을 취할 수 있는 그런 수필을 좋아한다.

한 달에 몇 권씩 수필집을 읽는다. 지인이 보내 준 것도 있고 구매한 것도 있다. 수필을 읽다 보면 작가를 만나보지 않아도 그 사람이 어떤 사람인지 알 것 같다. 행간에서 느껴지는 작가의 품격과 향기가 고스란히 그를 이미지화 시킨다. 또 수필을 읽는 이유 중 하나는 관조하는 시간을 가질 수 있기 때문이다. 소설은 이야기 속의 주인공이 되어 상상의 여행을 할 수 있다. 시는 시어 속에 그려지는 이미지와 느낌을 나타낼 수도 있다. 그런데 수필은 또 다른 내가 되지 못한다. 상상의 꿈을 꿀 수도 없다. 하지만 한 편의 수필을 읽는 그 시간만큼은 삶을 성찰할 수 있다.

수필은 현실적이며 진솔할 수밖에 없다. 그렇지 않고는 수필이 설 자리가 마땅하지 않고, 자조(自照)의 문학이라 자처할 수도 없다. 그 속에는 삶의 깊은 향기가 뿜어져 나와야 한다. 진하지도 않고 화려하지도 않은 그러면서도 은은한 향이 스며 있어 사람을 매료시킬 수 있어야 한다. 독하지도 않고 정신을 혼미하게 하지 않는, 입술을 닿을 듯 말 듯 스치는 첫사랑의 설렘이라고 할까. 그래서 살면서 느낄 수 있는 모든 순간이 수필이 된다.

화초에 대해 글을 쓴 적이 있다. 우리 집 베란다에 있는 식물들은 옆지기의 회사건물에서 누군가 사무실을 옮겨가면서 버리고 간 것, 아파트 쓰레기더미 속에 버려진 것들이 대부분을 차지한다. 그 중 군자란은 거의 이십 년 동안 동고동락한 사이다. 이사를 하면서 골목 귀퉁이에 버려졌던 작고 메마른 군자란을 집으로 들인 것이다. 물을 주고 햇빛을 쬐어 주면서 기다리던 인고의 시간을 지나 지금은 몇 개의 화분에 나누어 심을 정도로 튼실해졌다. 주인 잃은 군자란이 멍들지 않도록 관심을 두니 봄에 군자란이 꽃으로 화답해 주었다. 군자란도 나도 행복하다.

바람은 삶의 몸짓이다. 싫든 좋든 바람은 우리 인생에 시도 때도 없이 개입한다. 결과는 행복 또는 불행으로 나타나기도 한다. 하지만 이왕 바람과 같이 가야만 한다면 자신의 일부분으로 받아들여야만 한다.

젊은 시절, 아주 잠깐 베스트셀러 작가를 꿈꾸었다. 그러나 글 쓰는 재주가 없다는 것을 깨달은 후 자신을 위한 글을 쓰는 것도 괜찮겠다고 생각하였다. 그 후 누구를 위해서 혹은 대가를 바라는 글을 쓰지 않게 되었다. 수양하듯 글을 쓰다 보면 언젠가 빈자일등(貧者一燈)으로 꺼지지 않는 등불이 되어 누군가에게 또는 한 사람일지라도 그 사람의 어둠을 밝힐 수 있지 않을까.

유리창 너머로 노을이 점점 짙게 물들어 가고 있다. 오늘 하루도 수고한 삶에 감사함을, 다가올 내일에 작은 바람을 노을빛 속에 전해본다.

달의 정령(精靈)

마당에 우물이 있었다. 연례행사처럼 일 년에 두 번씩 아버지와 오빠들은 우물 안으로 들어가 대청소를 하였다. 덕분에 물은 수정처럼 맑고 시원했으며 감로수처럼 달았다. 두레박을 우물에 던지면 달이 한가득 올라왔다. 달이 담긴 우물의 물은 세상이 꽁꽁 얼어도 한 번도 얼지 않았다.

그날 밤도 귀뚜라미가 울었고 집 뒤로 흐르는 작은 도랑 풀숲에서 풀벌레들의 작은 울음소리가 하모니를 이루고 있었다. 감청색 밤하늘에 휘영청 보름달이 떠올랐고 싸라기 별들이 속삭이는 시월의 밤이었다. 그들의 소리를 한참 듣다가 잠이 들었다. 꿈이라고 생각했다. 힘겹게 눈을 뜬 나를 어머니가 내려다보고 있었다. 창백하게 질린 어머니의 얼굴에서 뭔가 일어났다는 것을 직감할 수 있었다.

꽃상여가 집에 도착했다. 병풍 뒤에 아버지가 누워있는데 볼 수가 없었다. 낮인지 밤인지 모를 시간이 지나갔다. 아침 일찍 동네 어른들이 모여들었다. 꽃상여가 나갔고 신작로에 사람들이 모여 있었다. 종소리와 구슬픈 노랫소리가 세상을 가득 메우고 있었다. 엄마와 오빠, 언니가 그 뒤를 따랐다.

친척들과 동네 사람들이 모두 돌아 가버린 집은 적막강산이었다. 향 내음이 가득 찬 방에서 엄마는 그 후로 오랫동안 울음을 토해내셨다. 어둠이 자박자박 찾아오는 저물녘과 별빛조차 없는 밤에는 그

방이 오싹하도록 무서웠다. 달이 지고 다시 달이 차오르고 질 때까지 나는 그 방에 한 번도 들어가지 않았다.

몇 년 후 겁 많았던 소녀가 한 남자를 만났다. 그를 가족으로 맞아들였고, 삼십 년 가까운 세월이 지나갔다. 어릴 때는 형부가 된 그를 졸졸 따라다니기도 했고, 단칸방 신혼집에서 방학 내내 눈치 없이 지내곤 하였다. 형부는 참으로 고생을 많이 했다. 겨울 칼바람에 꽁꽁 얼어붙은 골목길을 중고로 산 낡은 트럭으로 이 골목 저 골목을 누비었다. 트럭 안에서 새우잠을 자면서 산지에서 과일을 사다가 도매시장에 넘기는 일도 했다. 그렇게 고생한 형부는 집을 마련하고 가게도 가질 수 있었다. 하지만 형부는 창백하게 야위어 갔다. 며칠이 지났다. 입원했단다. 그리고 두 달이 지났다. 해파리 떼들이 물밀듯이 유리창을 뚫고 들어왔다. 백색 가운을 펄럭이며 사람들이 굉음을 내며 형부가 누워있는 병실로 들어갔고 수많은 기계가 들들 거리며 그 뒤를 따랐다.

사흘 동안 목이 부어올랐다. 숨이 막혀왔다. 먹었던 음식물을 토해냈다. 흐느적거리는 몸은 거센 파도에 휩싸여 둥둥 떠다녔다. 물을 삼킬 때마다 목이 따끔따끔했다. 울보라는 별명이 무색할 정도로 눈물샘이 바짝 말라 있었다. 누군가가 나를 쳐다보고 있었다. 고개를 들었다. 형부는 처음 만났을 때처럼 활짝 웃고 있었다. 형부를 향해 나도 웃었다. 그가 사라졌다. 꿈을 꾼 것일까? 환상을 본 것일까?

죽음의 신 달이 오늘도 한 생명을 품어 갔다. 이승에서의 아픔과 고통을 저세상에서 잊고 살라며 한 조각의 빛을 남은 자에게 두고 그를 데리고 가버렸다. 그를 보내야만 한다. 더는 붙잡을 수 없는 그를, 다른 세상으로 떠나야만 하는 그를 이제 놓아줘야만 한다. 떠나야 할 시간이 되었을 뿐이다. 그러나 생각과는 달리 마음이 움직이지 않았다.

이 세상 너머의 세계가 과연 존재하기는 할까. 죽음 이후의 시간이 더는 지속되지 않는 무(無)로 돌아가지는 않을까. 종교에서 말하는 영생이 있어 또 다른 삶이 지속되지 않을까. 불교에서 말하는 다른 삶으로 세상에 태어날 수도 있을 것이다. 아니면 니체가 말했듯이 동일한 삶이 반복될 수도 있을 것이다. 죽음 이후의 시간이 무(無)로 돌아가든 또 다른 생으로 연결되든 죽음을 받아들여야 하는 시간만큼은 슬픔이 공존한다. 두 번 다시는 볼 수도 없고 만질 수도 없고 말을 나눌 수 없다는 것을 실감하면 슬픔은 배가된다.

단단하게 연결된 삶과 죽음의 고리! 타인의 죽음을 맞이할 때마다 무언의 바다에 빠져들곤 한다. 인생이라는 시간의 흐름 속에 있는 지금 이 순간은 매우 짧다. 인생을 어떻게 살아야 하는지 생각해보고 고민하며 실천에 옮겨야 한다. 하지만 말이다. 예고 없이 날벼락처럼 세상을 떠났다는 소식을 들을 때면 몽둥이가 머리를 내려치듯 멍해진다.

카뮈는 "삶의 이유라고 불리는 것은 죽음의 훌륭한 이유"라고 말했다.

삶의 긴 여정에서 마지막으로 만나는 것이 죽음이다. 하지만 살면서 죽음에 대해 너무 많이 생각할 필요는 없다. 언젠가 죽음이 찾아오리라는 사실을 기억하면 된다. 죽음은 삶의 의미를 갖게 해주기 때문에 결코 두려움의 대상이 아니다. 언젠가 죽게 된다는 사실을 기억하는 사람은 삶을 허투루 살지 않는다. 우리는 죽음의 두려움에서 벗어날 때 참된 존재로 삶을 살아갈 수 있다. 오늘도 우리는 삶과 죽음의 무경계에 서 있다. 삶과 죽음은 시공간을 초월한 또 다른 존재 방식일 뿐이다.

하지만 생각과 달리 마음은 여전히 죽음을 맞닥뜨릴 때마다 흔들린다. 보름달이 뜨는 밤이 찾아오면 아려 오는 가슴을 얼마나 더 부여잡고 견딜 수 있을지 잘 모른다. 그럴 때마다 견디는 것이 아니라 이 세상에 잠시 머물렀던 그 사람들을 추억하는 시간이라고 생각할 것이다. 그들이 준 것은 아픔도 슬픔도 아니다. 그들과 함께 보냈던 시간이 감사하고 소중하기에 간직하고 기억하는 것이다.

한 줌의 재로 변한 그를 백색 항아리에 담아 납골당에 두고 오는 밤, 검푸른 밤하늘에는 박꽃 같은 달이 별빛을 품고 지상으로 사뿐히 내려오고 있었다.

사랑은 소나기처럼 때론 햇살처럼

　삶과 죽음에 관한 생각에 몰입하고 있을 때, 세상을 향해 물음표를 던지던 날에 최승환의 『사십구재 시사회』라는 책을 만났다.

　주인공 서준이 다은에게 들려준 녹색꽃 정원 이야기는 그들에게 다가올 운명을 암시한다. 녹색꽃은 잎과 줄기와 같은 색으로 태어난 게 슬퍼서 깊은 사랑을 하는 사람에게만 자신의 모습을 보여준다고 한다. 사랑하는 사람을 향한 마음이 깊은 사람은 세상을 떠날 때 녹색꽃들만 가득한 정원을 볼 수 있다. 녹색꽃의 정원을 볼 수 있는 사람은 다음 생에서 사랑했던 사람과 인연을 이어갈 수 있다. 꽃들은 세상을 떠나면서 사람들의 영혼으로 들어가는데 사랑이 식으면 꽃으로 피어나지도 못하고 죽어버린다. 하지만 영원한 사랑을 간직하는 사람에게는 세상에서 귀한 보석보다 더 보기 힘든 녹색의 꽃들만 가득한 정원을 보여준다. 영혼의 세계에서만 볼 수 있는 아름다운 녹색의 꽃! 진실하게 사랑했던 사람만이 볼 수 있는 꽃이 바로 녹색꽃이다. 서준은 다은에게 녹색의 꽃만이 가득한 정원을 보여줄 수 있는 사랑을 하고 싶다고 고백한다. 그랬다. 그들에게는 이미 녹색꽃의 씨앗이 자라고 있었고 그들의 운명은 영원한 사랑을 꿈꾸었던 녹색정원에서 만날 수 있었다.

강아지는 6주를 키우면 주인을 알아보고 6개월을 키우면 주인 발걸음 소리를 알아듣고 6년을 키우면 자기 집에 온 귀신을 알아본다고 한다. 그녀는 자신이 왜 죽었는지 모른다. 현실이라고 믿었던 현실에서 그녀는 서준을 만나기 위해 많은 날을 보낸다. 서준의 영화 시사회에서 그녀는 비로소 자신이 죽었다는 사실을 알게 된다. 서준이 주는 흰 국화 다발을 받고 자기가 어떻게 죽었는지 환영으로 본다. 그것도 모른 체 그녀는 48일 동안 자기를 도와주었던 사람들의 꿈속에 찾아갔던 것이다.

사십구재 마지막 밤. 그녀는 서준을 만나기 위해 둘만이 아는 장소인 헬스장 창문에 도착한다. 둥근 창문 앞에 선 다은! 과연 서준에게 다가갈 수 있을까. 숨 쉬고 있는 창문! 사랑으로 만들어진 창문! 서준에게 가게 해달라고 애원하지만 닫힌 둥근 창문은 꿈쩍도 하지 않는다. 어찌해야만 하나. 다은의 목에 걸린, 서준이가 직접 만들어준 둥근 창문이 새겨진 목걸이에 슬픈 눈물이 떨어진다. 마침내 둥근 창을 통해 녹색꽃들이 핀 정원에 들어갈 수 있었다.

그녀는 녹색 꽃잎마다 수려하게 맺혀있는 이슬을 먹지 않고 고통을 감수하면서 서준을 만나러 간다. 곁에 있지만 다은을 알아보지 못하는 서준, 그런 서준을 안타깝게 바라보는 다은! 멍돌이가 짖는 것을 듣고서야 서준은 그녀가 왔다는 것을 알게 된다. 볼 수도 느낄 수도 만질 수도 없는 상황이다. 시간은 자꾸만 자정으로 향하고 저들을 어떻게 해야 하나? 서준은 다은을 보기 위해 매니저인 한승우 차에 뛰어든다.

다은의 영혼이 사라지기 몇 분 전, 가까스로 서준은 다은을 만난다. 영혼이 되어 사랑하는 사람을 만나게 된 그들. 하지만 사십구일이 지나야 그들은 다시 만날 수 있다. 영혼의 세상에서는 서로 알아볼 수 없다면서 목걸이를 건네주는 다은. 유리 벽 저 너머로 사라지는 다은과 홀로 남겨진 서준, 과연 그들의 만남이 이루어질까?

슬픔은 아픔을 보듬고 아픈 이별은 또 다른 아픔의 눈물을 쏟아내게 한다. 그래서 그들의 사랑은 아프고 슬프다. 가슴 저리지만 사랑이라는 씨앗을 품을 수밖에 없다. 사십구일이 지나면 그녀 곁에 가겠다는 서준의 마지막 슬픈 이별식이 영화의 마지막 장면으로 처리된다.

소설의 이야기는 여기서 끝나는 게 아니라 또 다른 반전이 등장한다. 지금까지 이야기는 영화 시사회의 내용이다. 주인공 이름은 실존 인물이며 그녀가 바로 감독 표서준의 여자 친구다. 여자 친구가 쓴 소설을 바탕으로 영화가 제작되었으며 여자 친구는 현재 식물인간으로 살아가고 있다. 조각 시계탑, 그녀가 살았던 집은 사고로 자식과 손녀를 잃은 할머니가 홀로 살고 있다. 사연을 알게 된 할머니는 당신이 저세상으로 가시는 날, 그녀에게 둥근 모양의 장식 반지를 끼워주며 눈물을 흘린다. 눈물은 다은의 얼굴 위로 그리고 그녀 손에 끼워진 반지에도 와 닿는다. 할머니의 마음을 알았을까, 아니면 둥근 모양의 장식 반지가 효력을 발생한 것일까. 할머니가 죽어가는 동안 그녀는 서서히 깨어난다.

사랑하는 사람의 죽음과 맞닥뜨릴 때, 눈이 퉁퉁 붓도록 울어도 멈추지 않았고, 목구멍으로 물 한 모금조차 넘길 수 없다. 바람 한 줄기에도 쓰러질 것 같은 시간, 그리고 환영을 보기도 한다.

신화학에서 생명을 뜻하는 달은 새로운 생명을 탄생시키기도 하고 생명을 앗아가 또 다른 세계로 인도한다. 달은 죽음의 신이다. 사람이 죽으면 사람의 영혼은 달세계로 올라가 그곳에서 산다. 달은 사람들을 어둠과 재앙으로부터 지켜주지만 새로운 세계로 인도하는 인도자이다. 빛을 먹고 자라는 초승달이 보름달이 되고, 그 보름달이 지상에 빛으로 남기고 떠나면 그믐달이 찾아온다. 그러면 또다시 한 개의 빛으로 다시 초승달이 떠오른다.

어두운 하늘은 달과 별이 있어 아름답다. 또한 인생이 그래도 살아갈 만한 것은 사랑이 있기 때문이다. 녹색꽃 정원의 이야기처럼 인생에서 그런 사랑을 한 번 꿈꾸는 것도 괜찮지 않을까. 사랑이 때론 아픔을 주기도 하지만 살아가는 시간을 견딜 수 있는 영혼의 안식처가 되기도 하니까.

문지방 너머

어릴 적, 문지방을 밟으면 아버지는 "복 달아난다."라고 하시면서 혼내셨다. 문지방은 복이 드나드는 곳이다. 안과 밖의 경계 지점이다. 행과 불행, 생과 사가 공존하는 곳이다.

예전에는 사람이 죽으면 집에서 장례를 치렀다. 방에 있던 관을 밖으로 내보내기 위해서는 문지방에 바가지를 엎어 놓는다. 관으로 바가지를 눌러 깨뜨리고 나가야 한다. 산 자와 죽은 자의 경계! 지금까지의 이승 인연을 모두 끊고 죽은 자의 영혼이 문지방을 넘어 저승세계로 가야 한다. 죽은 자와 그가 머물렀던 집과의 인연을 끊는 하나의 의식이 이루어지는 곳이 바로 문지방이다.

카프카의 단편소설 『변신』에도 주인공 그레고르 잠자가 문지방을 넘고자 하는 모습을 찾아볼 수 있다. 어느 날 아침에 그레고르 잠자는 자신이 한 마리의 커다란 갑충으로 변해 있는 것을 발견한다. 가족을 위해 하루도 빠짐없이 아침 일찍부터 일했던 그가 갑충으로 변해버리자 사람들의 시선과 행동이 달라졌다. 아버지는 지팡이를 휘둘리며 방으로 그를 거세게 몰아넣었다.

불교에서는 문을 속세와 정토의 경계점으로 생각하여 소통의 문이라고 한다. 문이란 안과 밖, 내부와 외부를 소통할 수 있게 해주며 공간을 구분해주는 경계이다. 법당으로 들어가기 전에 보였던 문은 화려한 꽃장식으로 되어 있다. 그러나 막상 법당 안으로 들어가면 오로지 마름모꼴 살만이 그림자로 비추고 있다. 문밖의 세상이 화려하고 부산하더라도 법당은 고요함으로 인해 마음의 안정을 서서히 찾아준다.

문은 다른 세상으로 나갈 수 있는 통로다. 그 문이 비록 차단되었지만 그레고르는 자기만의 방식으로 삶을 즐기는 방법을 찾아냈다. 벽을 기어오르기도 하고, 특히 천장에 매달려 있는 것을 좋아했다. 그동안 느껴보지 못했던 자유와 기쁨이 있었다. 자유자재로 몸을 움직였고 바닥에 떨어져도 다치지 않을 정도로 자기 몸을 잘 다뤘다. 문지방을 넘어 가족과 사회의 공간 속으로 나갈 수는 없었지만 아무도 자신을 방해하지 않는 자기만의 세계가 있다는 사실에 그레고르는 만족했다.

그러다가 문지방을 넘게 되는 사건이 발생한다. 여동생이 연주하는 바이올린 소리에 이끌려 자신도 모르게 몸을 움직였다. 낮에 파출부가 실수로 열어 둔 문을 밀고 거실로 내려갔다. 내면의 세계에 갇혀 있었던 그는 세상으로 나가며 생각하였다. '음악에 이렇게 감동하는데도 내가 동물이란 말인가?' 그 순간만큼 그가 열망했던 미지의 양식에 이르는 길이 나타날 것만 같았다. 그러나 가족이 있는 공간으로 들어선 순간, 사람들의 분노에 찬 시선과 쫓아내려는 난폭한 행동에 그는 다시 돌아서서 자신의 방으로 가야만 했다. 동생의 연주에 이끌려 쉽게 내려왔던 길은 멀고도 험했다. 그가 방에 들어서자마자 재빨리 문이 닫히고 문고리가 거칠게 내려졌다. 외부로 나가는 문은 또다시 차단당하고 말았다.

아버지가 던진 사과가 자신의 몸에 박혀 썩어갈 때도, 자신이 좋아했던 물건들을 여동생이 모두 치울 때도 그들을 원망하지 않았다. 그러나 여동생이 갑충으로 변한 자신을 가족의 불행이라며 사라져야 한다는 말을 들은 그레고르는 깊은 생각에 잠긴다. 분명 여동생이 연주하는 바이올린 소리를 들었을때 동물이 아닌 사람으로 생각했었다. 그러나 희망을 품고 문지방을 넘었던 그레고르에게 가족들은 함께할 수 없는 존재라고 명확하게 각인시켜버렸다.

하이데거는 깊은 불안 속에서 자신이 언제라도 죽을 수 있다는 피할 수 없는 사실을 직시할 때 자기 삶의 방식을 훨씬 더 근본적이고 진지하게 염려한다고 하였다. 존재에 대한 가장 근본적인 질문은 죽음이다.

카프카에 의하면 '존재한다sein'는 말은 '현존재Dasein'라는 뜻과

'그것에 속에 있음Ihm-gehören'이라는 두 가지 뜻이 있다고 하였다. 그레고르는 고요 속에서 자신을 들여다보았다. 아버지, 가족 혹은 사회가 그어 놓은 금기의 경계를 넘어버린 그레고르는 결국 죽음을 선택했다.

켄 윌버는 죽음에 대해 이렇게 말했다. 고양이는 죽음이 임박했을 때 조용히 숲으로 들어가서 나무 밑에 웅크리고 앉아 죽음을 맞이한다. 물새는 버드나무 가지에 앉아 황혼을 바라보다 더는 보지 못할 때 마지막으로 눈을 감고 조용히 땅에 떨어진다. 그렇다. 삶에 집착하게 되면 죽음은 공포의 대상이 된다. 경계는 모호하며 불안과 두려움을 불러일으킨다. 삶과 죽음의 경계를 허물어버릴 때 죽음은 더 이상 두려운 대상이 아니다.

죽음은 존재에 관한 질문이다. 죽음은 생의 완결이다. 존재의 의미를 묻는 것은 삶을 의미 있게 살고자 하는 몸부림이다. 죽음을 깨닫게 된다면 존재하게 된다. 죽음은 언제든지 일어날 가능성임을 깨달았을 때 지금의 자신을 소홀히 할 수 없다.

그레고르는 교회의 탑시계가 새벽 세 시를 칠 때 공허하고 평화로운 고요 속에서 죽어갔다. 세상이 환해지기 시작하는 것을 느낀 그 순간에 그는 자기 죽음을 담담하게 받아들였다. 카프카가 죽을 수는 있지만 고통은 참을 수가 없었다고 말한 것처럼 그레고르는 죽어서야 문지방을 넘어 밖으로 나올 수 있었다.

늘 경계선상에 서 있었던 카프카 역시 내면 깊숙이 들여다보며 질문하고 답하기를 반복했다. 그는 불면의 시간을 작품 속에 고스란히 담아내는 동안 자신도 모르는 사이에 병 들어갔고 서서히 죽어가고 있었다.

삶을 어떻게 살아가야 하는가? 라는 물음에 명확한 해답은 없다. 다만 삶의 한 가운데 서 있기에 그냥 살아가는 것이다. 각자 삶을 바라보는 시선으로 살아내는 것이다. 세상의 부조리에 끝없이 대항하거나 좌절하면서 나름대로 삶을 살아가는 지혜를 얻으면서 말이다.

멈춰 선 벽시계

세상의 모든 어머니는 모든 것을 자식들과 연관시키며 살아간다.

그러나 우리는 오늘도 어머니의 가슴에 대못 하나를 박는다.

노년의 어머니는 언제부턴가 죽음을 생각하였고 묵묵히 그 시간을 기다렸다. 어머니는 시리도록 눈부신 달이 뜬 밤에 거짓말처럼 죽음을 맞이하기 위해 일찍 잠자리에 드셨다. 죽음의 문턱을 넘기 직전에 비로소 당신은 자식들과 이별을 하지 못했다는 사실을 떠올렸다.

어젯밤 당신의 행동을 이상히 여긴 도우미 아주머니가 새벽 일찍 어머니의 방문을 열었다. 어머니의 몸은 싸늘해지고 있었다. 119의 사이렌 소리에 동네 개들이 요란하게 짖어댔다. 겨울 새벽 공기에 얼어붙었던 집들이 등불을 하나둘 켰다.

깊은 잠 속에 빠져 있던 시간, 쉼 없이 울어대던 전화벨 소리에 자식들은 주차장으로, 시외버스터미널로 달리기 시작했다. 응급실에 하나둘 모여든 자식들에게 한 명씩 차례대로 면회의 시간이 주어졌다.

이름 모를 기계들이 어머니의 몸에 주렁주렁 매달려 있었다. 이미 어머니는 의식이 없었다. 어머니의 손은 얼음장처럼 차가웠다. 가쁜 숨소리만 살아있음을 확인되는 시간이었다. 힘을 내시라고, 눈을 뜨시고 한 번만이라도 얼굴이나 보고 가시라고, 간절함을 전했다. 그러나 어머니는 '이제 이만하면 되었다.'라고 생각했을까. 상태가 급격히 나빠진 어머니는 찰나의 순간, 우리 곁을 떠나셨다. 모든 것을 내려놓고 자는 듯 돌아가고 싶다던 평소의 소망처럼 그렇게 푸른 별빛 속으로 떠나가셨다.

어머니가 남긴 통장에는 당신의 장례식 비용이 들어있었다. 당신의 유언처럼 장례식은 당신이 마련한 돈으로 조용히 치렀다. 어머니가 가신 날, 며칠 동안 흐린 날씨는 거짓말처럼 맑고 따스하게 햇살이 내리쬐었다. 수묵화처럼 펼쳐진 곳, 겹겹이 둘러싸인 산과 구름 한 점 없는 파란 하늘, 오래전 아버지가 누워계셨던 옆자리, 새로운 거처로 어머니를 모셨다.

사십구재를 지냈다. 일주일마다 형제들은 절에서 만나 어머니의 명복을 빌었다. 어머니 생전에 자식들에게 바라는 것이 있으신지 물을 때면 어머니는 아무것도 없다고 하셨다. 그러던 어느 날, 어머니는 당신이 죽고 나면 사십구재를 지내달라고 자식들에게 부탁하셨다. 각지에 흩어져 있는 형제들이 한자리에 만나기란 쉽지 않다. 그러나 우리는 일주일에 한 번씩 만났고 함께 밥을 먹었다. 아마도 어머니는 마지막 순간까지 자식들이 서로 잘 지내기를 바랐던 것이 아닐까.

사십구재를 지내고 다시 어머니의 집을 찾았다. 반평생을 홀로 계셨던 집은 더욱 초라하고 쓸쓸했다. 거실장 안에는 작은 앨범이 펼쳐진 채 세워져 있었다. 몇 년 전, 어머니를 모시고 제주도에 갔었을 때 찍었던 사진을 모아 작은 앨범으로 만들어 드렸다. 형제들이 어머니를 모시고 처음으로 갔던 가족여행이었다. 어머니는 매일 앨범을 펼치며 좋아하셨는데……. 주인을 잃은 앨범이 붙박이장처럼 굳어있다.

한쪽 벽을 가득 채우고 있는 여섯 자식의 결혼사진들, 손자, 손녀들의 돌 사진, 어머니의 젊은 시절에 찍었던 빛바랜 사진들이 돌아오지 않는 주인을 기다리고 있었다. 숨소리조차 들리지 않는다. 익숙한 소리가 없다. 다시 거실을 둘러보았다.

아! 거실의 벽시계가 멈춰 있었다. 몇 년 전인가, 갑자기 어머니가 보고 싶었던 어느 이른 아침에 왔을 때도 벽시계가 멈춰져 있었다. 읍내 마트에 가서 건전지를 사다 갈아 끼었는데……. 이번에도 그래야 할까. 그러면 다시 어머니를 볼 수 있을까. 풀이 자란 마당이 깔끔해지고 정원에는 예쁜 꽃들이 사시사철 피어날까. 마당 한편에 마련된 아궁이에 다시 불을 지필 수 있을까.

해마다 여름이면 우리는 마당에 돗자리를 넓게 깔았다. 육류를 드시지 못한 어머니를 위해 생선을 굽고 우리는 고기를 구워 먹으며 형제들이 밤새도록 웃고 떠들었다. 티격태격 서로 많이 먹으라며 싸움 아닌 싸움도 했다. 어머니의 중심으로 자발적이든 비자발적이든 모였던 형제들이다. 그 중심이 사라진 지금, 또다시 우리는 여름밤의 이야기꽃을 피울 수 있을까.

나는 어머니의 삶을 절대로 닮고 싶지 않았다. 어머니는 어머니로서 삶을 살았지만 당신만을 위한 삶을 단 한 번도 살지 못하셨다. 어머니의 삶은 늘 고단했다. 젊은 시절, 아버지와 어머니는 하루도 쉬지 않고 일만 하셨다. 그리고 마침내 어머니는 고래 등 같은 기와집을 짓고 자신의 이름으로 된 논밭을 가졌다. 이제 행복하게 살 일만 있을 줄 알았던 어머니의 바람은 그리 오래 가지 못했다.

어느 날 갑자기 불어 닥친 아버지의 병은 삶의 뿌리를 흔들었다. 아버지의 긴 병원 생활로 인해 빚이 쌓여만 갔다. 설상가상으로 어머니의 헌신과 정성에도 불구하고 아버지는 황망하게도 저세상으로 가셨다. 그날 밤도 대낮처럼 떠 있는 달이 서럽도록 눈부셨다. 아버지가 떠난 후 빚을 청산하고 나니 몇 마지기 논밭만 남았다. 어머니는 슬퍼할 시간이 없었다. 아버지의 유언에 따라 육 남매를 키워야 했고 결혼까지 시켜야만 했다.

나는 어머니의 삶을, 어머니의 인생을 이해하고 존중한다. 늘 어머니를 생각하면 가슴 한편이 아렸다. 하지만 어머니가 걸어갔던 길을 결코 따라가고 싶지 않았다. 그래서 언제나 나는 어머니의 생각과 늘 정반대로 생각하고 행동했다. 누구를 위한 삶보다 자신을 위한 삶을 살고자 했다. 나를 위한 인생의 설계, 내가 행복할 수 있는 일을 찾아 살기로 했다.

지금도 하고 싶은 일만 하고 하기 싫은 일은 하지 않는 편이다. 이기적일 수도 있지만 내가 행복해야 다른 사람에게 긍정적인 에너지를 줄 수 있다. 할 수 있는 일에 최선을 다하고 안 해도 되는 일은 마음에 두지 말며 물질에 욕심을 내지 않으면 가능하다. 허나 딱 한 가지 예외는 있다. 자식을 둔 엄마로서 어쩔 수 없이 내 어머니가 그랬던 것처럼 늘 자식들이 걱정되고 묵묵히 기다리는 시간을 갖게 되었다.

어머니를 보내고 사십구재를 지내면서 어머니에게 바랐던 것은 오직 하나였다. 모든 것을 내려놓으시고 어머니 자신만의 삶을 살아보시라고 빌고 빌었다. 어머니는 본래 흥이 많으신 분이셨다. 아버지가 살아계실 적, 우리 집 마당에는 자주 잔치가 열리곤 했다. 읍내에서 가마니 짜기, 새끼 꼬기 등의 대회를 개최했는데, 그때마다 아버지가 메달을 따셨다. 동네의 자랑거리이자 아버지의 자랑이기도 했다. 어머니는 이날만큼은 막걸리 한 잔을 마시고 노래를 부르기도 하고 춤을 추시며 흥겨워하셨다. 동네 사람들은 마당에 펼쳐진 멍석에 앉아 막걸리를 마셨고, 부엌에는 아줌마들이 전을 부치는 소리로 온 집 안이 시끌벅적했다. 어느 정도 잔치가 무르익을 때쯤, 장구 소리와 함께 어른들은 노래를 부르고 춤을 추며 마당을 돌고 돌았다. 코흘리개 아이들도 어른들 틈 속에서 함께 돌기도 하고 마루에 차려 놓은 음식을 먹으며 덩달아 신이 났다. 지금쯤 어머니는 젊은 시절의 에너지를 맘껏 분출하며 계시는지도 모른다.

건전지를 사러 읍내에 가야겠다. 가는 길에 어머니의 무덤에 다시 들러 평소에 즐겨 드시던 달달한 커피 한 잔을 올려야겠다. 어머니와 함께 커피 한 잔을 마시고 싶은 그런 날이다.

물음표이거나 느낌표

우리는 죽음의 소식을 들을 때면 아주 잠시 애도를 표할지 모른다. 그러나 정작 소중했던 가족의 죽음에는 그 슬픔이 잠시로 그치는 게 아니다. 시간이 흘러도 가슴 한구석에 자리 잡는다. 문득문득 그리워지고 가슴 속 깊은 곳에 뭉클한 덩어리 하나가 용솟아 오르기도 한다. 길을 걷다가도 어느새 두 눈은 빨개지며 코끝이 찡하는 경험을 종종 하게 된다.

백 세 인생을 살 수 있다고 가정하면 나는 반을 넘어 온 셈이다. 하지만 그 시간 동안에 알고 지냈던 사람들이 생사를 넘나드는 것을 보았고 병 앞에서 무기력하게 생을 마감하는 일도 있었다. 그래서일까. 박경철 박사가 쓴 『시골 의사의 아름다운 동행』을 읽는 내내 많은 사람을 떠올랐고 그들이 너무 그리워졌다.

"나는 의업에 몸 담고 있는 사람으로서, 사람이 살면서 겪는 희로애락의 과정을 지면이 허락하는 한 많이 풀어놓고 이야기해 주고 싶다. (…) 사람들이 미처 생각지 못했던 또 다른 삶의 이면 속에서 어떻게 기쁨이 되었는지를 간접적으로나마 경험하게 해주고 싶은 마음이다."

그랬다. 저자는 생의 희로애락을 간접적이나마 알게 해주려고 하였고 개중에는 실제 우리가 직접 경험했던 일들도 있다. 이야기가 슬프기만 한다면 반쪽짜리의 감동을 주겠지만 아픔을 이겨내고 새롭게 살아가는 그네들의 희망에 작은 기쁨도 있다.

잘려져 나간 나무의 밑동을 살펴보면 나이테가 있다. 나무가 살아왔던 세월만큼 크고 작은 원을 그리고 있는 것을 볼 수 있을 것이다. 『아낌없이 주는 나무』에서 나무는 소년에게 자신의 모든 것을 내어준다. 그것도 모자라 노인이 된 소년에게 자신의 밑동에서 쉴 수 있게 해주었다. 그러면서도 행복할 줄 아는 나무였다.

사람은 평생 어떤 마음을 가지고 사는지에 따라 얼굴에 맞는 나이테가 그려지게 된다. 사십 대 중반이 되도록 결혼하지 않고 헐벗고 모자라고 굶주린 사람들을 위해 살았던 한 여자가 자동차 사고를 당했다. 중환자실에서 마지막으로 그녀가 남긴 유언은 '시신 기증'이라는 네 글자였다. 죽음의 길을 떠나가면서 자신의 육체를 다른 누군가를 위해 주고 간 그녀의 행동에 과연 나라면 그럴 수 있을까? 정작 자기 자신이 결정해야 할 순간이 온다면 용기만으로 할 수 있는 일이 아니다.

어릴 적 어른들을 따라 나환자촌에 간 적이 있었다. 그곳으로 가려면 마을에서 뚝 떨어진 큰 개울을 건너가야만 했다. 그곳은 나지막한 산들이 병풍처럼 둘러 있었고 가축을 기르며 살아가는 곳이다. 문둥이가 아기를 잡아먹는다는 이야기를 들었던지라 잔뜩 겁에 질려 있었다. 아이의 간을 꺼내어 먹는다는 문둥이의 모습을 무서운 괴물쯤 상상하였다. 하지만 실제로 가서 본 그들의 모습은 우리와 똑같았다. 그들이 미감아라는 것을 훨씬 뒤에 알았다. 그들은 두려운 존재가 아니었다.

박경철 박사의 이야기에도 이런 내용이 있다. 진우씨는 문둥이의 아들로 태어나 세상의 온갖 편견에 당당히 맞섰다. 그는 닭똥 냄새나는 나환자촌에서 부모님을 모시고 나오기 위해 서울에서 갖은 고생을 했다. 드디어 그는 마을 사람들의 냉대와 사회로부터 따가운 시선을 견디면서도 마을과 떨어진 외딴곳에 집을 짓고 부모님을 모시며 당당하게 살아간다.

톨스토이가 인간은 사랑에 의해 살아간다고 하였다. 진우씨는 진정 인간이 무엇으로 사는지에 대해 알고 있었으며 몸소 실천으로 옮겼다. 대부분 자식들은 고향에서 멀리 떨어진 곳에 살면서 가끔 나환자촌에 계신 부모를 찾아보거나 부모를 영영 잊어버리고 살아간다. 사회의 편견과 질시 때문에 부모와 자식 사이를 갈라놓은 것이 아닌지 생각해 보아야 한다.

아주 오래전 모 방송국에서 해외고려장에 대해 방영한 적이 있었다. 효도 여행이라고 따라갔던 부모를 자식들이 여행지에 버리는 일이 일어났다. 현대판 고려장이라는 제목으로 신문 기사에도 실린 적이 있다. 비록 이국땅일지라도 자식과 함께 살고 싶은 부모의 마음을 이용해 자식이 부모의 재산을 빼앗고 해외에 방치하는 해외고려장이 생겨나고 있다. 해외로 이민 가면서 늙은 부모를 초청하겠다는 말로 꾀어 부모의 재산만 챙기고 연락을 끊어버리는 일도 한둘이 아니다. 이는 신체적 학대보다 더 큰 배신감을 느끼게 하는 최악의 노인 학대이다.

희망과 절망. 이 두 단어의 차이는 상황의 차이일까, 아니면 인식의 차이일까. 『세상에서 가장 행복한 느낌』이라는 책에서 이런 글귀가 있다. "잡초를 제거한 밭에 서둘러 작물을 파종해야 하듯이, 실망의 빈 구덩이에는 희망이 들어서야 치유가 되는 거야. 우린 그런 과정을 통해 거듭날 수 있는 거고." 삶의 희로애락은 우리의 마음가짐에 따라 좌우되는 것이 아닐까.

빨간 안경 속엔 빨간 세상 있고
파란 안경 속엔 파란 세상 있다.
실망의 안경을 쓰고 보면 안 되는 것만 보이지만
희망의 안경을 쓰고 보면 우린 모두 할 수 있지.

실망의 안경을 버리고 희망의 안경을 써봐.

동요에도 나오듯 빨간 안경 속에 빨간 세상이, 파란 안경 속에 파란 세상이 있다. 세상 역시 우리가 낙관적으로 보느냐, 비관적으로 보느냐에 따라 행복하기도 하고 불행하기도 한다. 나 역시 삶이 생각대로 되지 않거나 몸이 아플 때 세상에서 나 혼자만이 겪고 있다고 생각한 적이 있었다. 하지만 햇살 한 줌 같은 따스함과 아침이슬을 대롱대롱 달고 있는 초록빛 아기 사과처럼 세상을 밝고 맑게 살아가야 할 것이다.

증오심, 분노, 번뇌로부터 자신의 마음을 해방한다는 것은 결코 쉬운 일이 아니다. 하지만 행복과 불행은 종이 한 장 차이, 동전의 앞뒷면의 차이다. 우리의 마음에 사랑으로 가득 채우고 어떤 난관에도 신념으로 이겨낼 수 있다고 믿으면 되는 것이다. 삶이 힘들고 지쳐 쓰러질 때도 아침이면 다시 일어난다. 왜냐하면 우리는 살아있기 때문에, 또 살아가야 하기 때문이다. 우리는 다시 태양 속으로 나가야 한다.

진정한 행복이란 삶에 대한 집착 대신 삶을 어떻게 살아가야 하는 것이 중요하다. 이기적인 마음 한 스푼 덜고, 주위를 둘러볼 수 있는 넉넉한 마음 한 스푼 더 넣어보는 게 어떨까.

신화를 읽다

신화는 태초에 일어났던 일에 관한 이야기이다. 우주, 인간, 문화가 어떻게 존재하였는가를 전해주는 이야기이다. 신화를 읽다 보면 황당한 부분도 있지만 그 속에는 삶의 원형이 있다. 인류의 오랜 지혜의 보고(寶庫)인 신화는 지금도 여러 가지 모습으로 우리의 삶과 문화에 스며들고 있다. 그 때문에 신화는 읽으면 읽을수록 우리가 살면서 들었던 질문에 대한 해답을 주는 열쇠와 같다.

처음 접한 신화는 '그리스 로마신화'다. 그리스 로마신화를 읽으면서 한국 신화에 대한 궁금증이 일었다. 도서관에서 단군신화, 동명왕 신화, 박혁거세 신화, 김알지 신화 등을 찾아 읽었다. 학창 시절 교과서에 실려 있던 이야기이다. 그런데 우리 신화라는 것을 그만 잊고 지내왔다. 그리스 로마신화가 한창 인기가 있을 때 우리 신화로 된 책이 많이 없다는 것이 아쉬웠다. 다행히 우리 신화에 관한 책들이 나오기 시작하였다. 더 많은 우리 신화를 읽을 수 있어 다행이었다.

세상은 어떻게 만들어졌을까? 서정오의 『우리가 정말 알아야 할 우리 신화』에는 세상을 이렇게 설명하고 있다. 하늘과 땅이 서로 붙어 있다가 어느 날 하늘과 땅 사이에 금이 벌어지면서 하늘과 땅이 갈라졌다고 하였다. '미륵불 신화'를 소개하는 내용을 보면 하늘과 땅이 붙어 있어 미륵이 하늘과 땅을 갈라놓았다는 것이다. 미륵이 하늘을 솥뚜껑 꼭지처럼 도드라지게 만들고 땅의 네 귀퉁이에 구리 기둥을 세워 하늘과 땅을 떼어 놓아 지금처럼 되었다고 한다.

민간전승의 천지창조 신화에도 하느님의 공주가 반지를 세상에 떨어뜨리고 말았는데 반지를 찾기 위해 시녀와 장수를 세상으로 보냈다. 그때 하느님이 별과 달과 해를 만들어 세상을 비추니, 진흙이 굳어져 땅이 되고, 풀과 나무가 돋아나고 짐승이 생겨났다. 장수와 시녀가 반지를 찾다가 흔적을 남긴 곳은 바다, 산, 들, 강이 되었다. 그리고 이들은 부부가 되어 아들과 딸을 많이 낳아 세상에 자손들을 널리 퍼지게 되었다.

사람이 살기 시작한 세상은 어떤 모습이었을까? 하늘에 해도 둘이요 달도 둘이라 낮에는 해가 둘씩이나 뜨니 너무 뜨겁고, 밤에는 달이 둘씩이나 떴으니 너무 추워 견디지 못해 온갖 것이 살아남기 어려웠다. 짐승과 사람들의 구분이 없고, 서로 싸우고 속이고 빼앗기느라 세상은 한마디로 무질서 상태였다. 이때 하늘 임금님 옥황상제

천지왕이 땅 세상 지국성에 총명이라는 처녀와 혼인을 하여 아들 둘을 두었는데, 그 아들이 대별왕과 소별왕이었다. 대별왕은 천 근 활에 천 근 화살로 해 하나, 달 하나를 겨냥해 쏘아 해와 달이 하나씩만 남게 되었다. 송홧가루를 세상에 뿌려 사람 이외의 식물과 짐승들은 혀가 굳어 말을 못 하게 되어 그제야 세상이 조용해졌다. 하지만 풀어야 할 숙제가 남았다. 대별왕과 소별왕이 누가 이승과 저승을 다스릴지 내기를 했는데, 소별왕이 속임수를 써서 대별왕을 이겼다. 그래서 이승을 소별왕이 다스리게 되었다. 소별왕은 대별왕보다 능력이 떨어졌다. 때문에 싸움과 남을 속이고 남의 것을 빼앗는 사람이 살게 되었다. 만약 대별왕이 세상을 다스렸다면 세상은 맑고 밝아 반듯하여 살기 좋은 세상이 되었을지도 모른다.

우리 신화를 읽다 보면 서양 신화와 다른 점이 있다. 그리스 로마 신화는 대체로 남녀 간의 사랑 이야기가 펼쳐져 있다. 신과 사람과의 사랑은 많은 시행착오가 있으며 그 속에서 신화가 탄생하였음을 보여준다. 우리 신화 역시 신과 사람과의 사랑 이야기가 있다. 하지만 우리만이 가지고 있는 이야기가 보태져 있다. 그것은 바로 부모와 자식 간의 사랑과 효가 자리 잡고 있다는 것이다. 바리데기를 읽어보면 서양 신화와 다른 점을 발견할 수 있다.

옛날 삼나라에 오구대왕과 길대부인이 살았다. 딸만 내리 여섯을 낳고 일곱째 딸이 태어나자 오구대왕은 화가 나서 아기를 버리라는 명령을 내리고 만다. 옥함에 담겨 버려졌다고 해서 얻어진 이름 '바리데기'는 강물을 따라 정처 없이 흘러 아기가 없는 노부부에 의해 자라게 되었다. 바리데기가 열다섯이 되던 나이에 출생의 비밀을 알게 되어 부모를 찾아갔다. 하지만 부모는 중병에 걸려 서천서역국의 약수를 먹어야 살 수 있다는 이야기를 듣게 된다.

바리데기는 자기를 버린 부모를 원망하지 않는다. 오히려 부모를 위해서 멀고 먼 죽음의 땅인 서천서역국으로 갔다. 하지만 그 길은 힘들고 고통스러운 일들이 바리데기를 기다리고 있었다. 약수를 구하기 위해 무장수과 결혼해 나무를 하고 불도 때고, 물을 길어오며 아들 일곱을 낳아 준다. 마침내 약수와 서천 꽃밭에서 사람을 살리는 꽃을 따서 집으로 돌아온 바리데기는 부모를 구한다. 원망 대신 '효'로써 부모를 공경하며 도리를 다한 바리데기는 우리 신화만이 갖는 독특한 특성이다.

이후 눈 앞에 펼쳐지는 부귀영화를 버리고 바리데기는 오구신이 되어 죽은 사람을 이끌어 주는 일을 맡아보는 신이 되었다. 오구신이라는 것은 쉽게 말해 무당이다. 굿을 통해 죽은 사람과 살아있는 사람을 화해시키고 죽음과 삶을 이어주는 역할을 한다. 권력과 재물을 마다한 바리데기는 진정한 죽음의 고통과 아픔을 덜어주기 위한 우리나라만이 가지고 있는 신이다. 더구나 어떤 어려움도 헤쳐나가는 모험심은 우리만이 가지고 있는 우리의 정신이다. 죽어서 고통받는 사람들을 구원하는 일을 맡은 바리데기야말로 우리 신화가 가지는 자부심이 될 것이다.

죽음과 삶의 관계에 대해서도 신화는 말하고 있다. 사람은 어떻게 탄생하는가? 누가 이 세상에 태어날 아기를 점지하고 세상에 내보내는가? 우리가 잘 알고 있는 삼신할미는 어떻게 하여 아기를 점지해 주는 신이 되었을까? 아기가 태어나면 집안의 조상신과 집을 지키는 여러 신들이 아기를 지켜준다. 그리고 사람이 죽으면 저승으로 가게 되는데 그곳에는 열 명의 시왕이 있어 판결을 내린다. 삶과 죽음이 신에 의해 좌우되고 있다.

동해바다 용왕 부부에게는 외동딸이 있었는데 버릇이 나쁘고 못된 짓만 골라 하여 멀리 내쫓았다. 동해바닷가에 도착한 동해 용왕의 딸은 그때부터 아기를 낳게 해주는 삼신이 되었다. 하지만 그 성격이 어디 갈까? 대충대충 아기를 낳게 하니 세상이 어지러워졌다. 백성들이 옥황상제에게 빌었다. 옥황상제는 새 삼신할미를 보냈는데, 그가 명진국 천왕보살 지왕보살의 딸이었다. 마음씨 곱고 슬기롭기 그지없는 새 삼신은 아기를 점지해 주고 아기 낳는 일을 도와주어 세상은 다시 평화로워졌다. 새 생명을 탄생시켜주는 일을 하는 삼신할미에게 정성껏 상을 차려 대접하는 것은 당연하였다. 세상을 계속 이어지게 하는 일이야말로 우리 인간에게 내려진 축복이다.

신화는 삶과 죽음을 넘나든다. 신이 세상에 나타나기도 하고 사람이 저승에 다녀오기도 한다. 죽은 뒤에 다른 세상이 있다고 믿었다. 그 세상이 저승이고, 저승은 삶의 연장선이다. 저승에는 열 명의 시왕이 있다. 우두머리가 염라대왕이다. 저승에 있는 염라대왕을, 무서움에 벌벌 떨게 하는 염라대왕을 잡아 오는 사람이 있으니 그가 바로 강림이다. 힘이 세고 담력도 컸으며 영리하기도 한 강림은 염라대왕을 잡아 온다. 염라대왕은 과양상이가 죽인 범을임금의 세 아들을 되살려 준다. 과양상이는 지옥으로 데려가 살 베는 벌, 뼈 깎는 벌, 피 말리는 벌을 각각 삼천 년씩 살다가 지옥문밖에서 비렁뱅이로 얻어먹게 했다. 용감하고 지혜로운 강림이 마음에 들었던 염라대왕은 강림을 저승차사로 임명하였다.

신화에 나오는 신들은 인간을 도와주려고 한다. 조상에게 제사를 지내는 일이나, 할머니, 어머니가 정화수를 떠 놓고 천지신명에게 비는 일, 미역국을 끓여서 삼신할미에게 바치는 것 또한 신을 섬기는 일이다. 이 외에도 집을 지켜주는 성주신, 집터를 지키는 지신, 부엌을 지키는 조왕신이 있다. 사람의 운명을 점치는 운명신, 아기가 아플 때 거북이와 남생이에게 빌면 병을 낫게 해주는 병막이신 등 우리 가까이에 신들이 존재하고 있다.

의학과 과학이 발전하면서 신화의 이야기는 황당무계할 수 있다. 하지만 신화에는 우리의 삶과 꿈이 있다. 옛사람들의 생각과 지혜를 읽을 수 있다. 저승과 이승을 오가는 일이나, 죽은 자를 살리는 일이나, 바다의 용이 있다는 이야기는 상상에 불과하다고 치부할 수도 있다. 하지만 사람들은 꿈을 꾼다. 꿈속에서는 현실에서 일어나기 어려운 일들이 펼쳐지기도 하고 꿈이라고 여겨지던 일들이 어느 날 현실에 일어나기도 한다.

신화는 상상의 세계일 수 있다. 하지만 상상의 세계에서 우리는 삶의 근본적인 의미를 발견할 수 있다. 무한한 상상의 세계가 펼쳐지는 신화, 우리 신화를 더 많은 사람이 읽었으면 좋겠다. 신화를 읽으면 읽을수록 재미있다. 어릴 적 화롯가에 빙 둘러앉아 할머니의 옛이야기처럼 많이 전해졌으면 좋겠다.

꿈

꿈속에서 나는 멀리 서 있는 엄마에게 "엄마가 해주는 밥을 먹고 싶어."라고 말했다. 무표정한 얼굴로 서 있는 엄마는 아무 말이 없었다.

배가 고팠다. 엄마가 해주는 밥을 먹으면 좋겠는데, 엄마는 밥을 해줄 생각이 없는 모양이다. 배가 고픈 나는 슬펐다. 너무 슬퍼서 차라리 꿈이면 꿈에서 깨고 싶다고 생각했다. 그런데 거짓말처럼 꿈에서 깼다. 그러나 더 슬퍼졌다. 희미한 동살, 새벽의 실루엣만 걸쳐진 시간에 잠에서 깬 나는 하염없이 천장만 바라보았다.

'엄마가 없구나.'

엄마가 없다는 사실이, 그 사실을 받아들이지 못하겠다. 예전처럼 서로 다른 공간에 살아도 언제나 고향 집에 가면 엄마가 반가이 막내딸을 맞이해 줄 것 같다. 아직도 이렇게 가슴이 아픈데, 얼마나 많은 시간이 흘러야 괜찮아질까.

엄마가 돌아가셨다는 연락을 받았다.

수업 시간이었다. 교수님께 말을 하고 집으로 돌아가야 한다. 그러나 수업이 끝나도록 그녀는 말을 하지 않았다. 집으로 돌아왔다. 내일 수업 시간에 빠져야 하는데, 그녀는 아무에게도 엄마의 죽음을 말하지 않았다. 엄마의 죽음을 들었던 그녀는 3일 내내 매일 학교에 갔다. 엄마를 땅속에 묻는 날에도 그녀는 학교에 갔다. 그녀가 집으로 돌아왔을 때 이미 오빠들은 엄마를 땅에 묻고 집으로 돌아오기 위해 고갯마루를 넘는 중이었다. 그녀는 3일 동안 울지도 않았다. 그리고 그녀 주변의 그 누구도 그녀에게 일어나는 일을 아무도 몰랐다.

도대체 그녀는 무슨 생각으로 그랬을까?

그보다도 더 이상한 것은 그녀의 가족 중 아무도 그녀에게 이래라저래라 말을 하지 않았다는 것이다. 딱 한 마디가 있긴 있었다. 고갯마루에서 엄마를 잘 묻고 왔다는 말이었다.

그동안 그녀에게 무슨 일이 있었던 것일까? 그녀와 함께 있었던 3일 동안 아무것도 알아낼 수 없었다. 여느 날처럼 그녀의 표정은 변함이 없었다. 평소에도 말이 없었기 때문에 그녀의 침묵은 아무런 의심을 불러일으키지 못했다. 그런데 그녀의 눈빛이 흔들리는 것을 보았다.

오빠의 한마디 말에 비록 앞머리가 덮여있었지만, 그녀의 눈에 그렁그렁 물이 차오르는 것을 알 수 있었다. 거대한 호수의 물결이

넘실거렸다. 언제 터질지 모르는 댐처럼 아슬아슬한 경계에 그녀는 서 있었다.

(…)

꿈이었구나! 빈소에 잠든 나는 일어나 어머니의 영정사진을 쳐다보았다. 그랬다. 3일 동안 잠들 때마다 꿈을 꾸었다. 그리고 현실인지 꿈인지 모를 엄마와의 시간을 보냈다. 꿈속에 나는 너무나 슬펐다. 지금의 시간이 믿기지 않았다. 언제나 그 자리에 있을 줄 알았다. 잠자듯 가고 싶다는 엄마의 말을 그저 흘려들었다. 그랬는데, 정말로 엄마는 잠자듯 작별의 말 한마디도 나누지 못하고 가셨다.

죽음은 생의 한가운데 있는 존재다. 하지만 아직도 나는 죽음을 쉽게 받아들이지 못한다. 언젠가 아니, 어느 한순간에 죽음을 맞이할 수 있다고 생각하지만 가까운 사람의 죽음 앞에는 또 달랐다.

매일 나는 꿈을 꾼다. 짧든 길든 상관이 없다. 예지몽인 경우도 있고 공상에 가까운 이상한 꿈을 꿀 때도 있다. 그리고 현재 일어난 상황을 받아들이기 힘든 경우는 더욱 꿈속까지 파고드는 경우가 허다했다. 아버지가 돌아가신 후 나는 거의 삼십 년 가까이 아버지를 꿈속에서 만났다. 거의 반복되는 꿈이지만 그래도 꿈속에서라도 만날 수 있다는 것만으로 좋았다. 그러다가 최근에 친정어머니가 돌아가셨다. 사십구재를 지내는 동안 내가 힘들 때마다 꿈속에 엄마가 나타났었고, 중요한 일이 일어났을 때도 나타났다가 딱 삼년상이 끝난 후 나타나지 않았다.

언젠가 꿈에서 엄마를 만나면 김이 모락모락 나는 밥과 생전에 좋아했던 오징어 국을 차려 드려야겠다. 잡채도 좋아했었지. 식사가 끝나면 늘 마셨던 달달한 커피 믹스도 예쁜 잔에 담아 드려야겠다.

삶의 단상

오늘도 그녀는 저녁을 먹고 습관처럼 밖으로 나갔다.

텁텁했던 여름 공기가 8월이 되면서 맑아지고 있다. 바람도 한결 가벼워졌다.

한 달 넘게 장마가 이어졌다. 그렇다고 주야장천 비가 내린 것도 아니다. 며칠 더웠다가 다시 비가 내리기를 반복했다. 어떤 지역은 비가 오지 않아 물 부족이고, 어떤 지역은 폭우로 산사태가 발생했다. 비를 머금고 있는 구름이 어디에 있느냐에 따라 달랐다.

올봄은 다른 해보다 유독 가물었다. 푸른 싹이 돋아야 하는데 오월이 되도록 싹을 보기가 어려웠다. 마른 풀잎 사이로 초록빛을 보고 싶은 간절함을 하늘은 들어주지 않았다. 공원이나 가로수는 인공의 손길로 생명수를 공급받을 수 있었지만, 언덕 위나 둑길은 손길이 닿지 않았다.

공원 화단에 핀 유채꽃이 지고 씨앗도 무르익어 그들이 베어나 갔다. 대신 그 자리에 코스모스 씨앗이 뿌려졌다. 코스모스가 자라고 있으니 들어가지 말라는 표지판만이 빈터에 한 달째 파수꾼처럼 서 있었다. 하지만 아무도 그를 파수꾼으로 보지 않았다. 싹은커녕 비둘기들이 흙먼지 날리며 땅을 헤집고 있었기 때문이다.

싹이 돋기도 전에 씨앗들은 비둘기의 식량이 될 것이 뻔했지만 달리 방법이 없었다. 한 달을 넘긴 어느 7월, 모두가 잠든 밤에 비가 내렸다. 거짓말처럼 코스모스 씨앗들이 하나둘 돋아나기 시작했다. 가끔 비가 오고 뙤약볕이 내리쬐기도 한 장마 속에서 코스모스는 무럭무럭 자랐다. 어느 날 저녁 산책길에서 드디어 한두 개의 꽃잎을 볼 수 있었다. 일주일만 더 있으면 제법 코스모스들이 온천천을 환하게 해줄 것 같다.

하지만 기대가 너무 컸던 것일까. 조용하게 내리던 비가 갑자기 심한 바람과 함께 어둠 속을 헤집었다. 코스모스들이 맥없이 쓰러졌다. 홀쩍 커버린 코스모스는 키만 컸지, 튼튼한 뿌리도 몸통도 없었다. 쓰러지고 또 쓰러지면서 아예 땅바닥에 누워버렸다. 그 와중에 꽃을 피워내는 코스모스도 간혹 보였다. 코스모스는 아름다움을 맘껏 뽐낼 수는 없지만 이생에 왔으니 꽃을 피우는 소명을 다하고 싶었다. 노랗게 활짝 핀 유채밭에서 사진을 찍어대던 사람들의 광경도 볼 수 없었고 예쁘다는 말을 들을 수 없지만 그래도 코스모스는 꽃을 피우고 싶었다.

그녀도 여러 날 동안 발길을 재촉하며 코스모스를 보기 위해 저녁도 간단하게 먹었다. 대견한 그들을 누군가 봐주어야만 할 것 같았다. 그날도 그녀는 저녁으로 감자와 고구마를 먹고 산책길을 열심히 걸어갔다. 그런데 꽃 냄새 대신 향냄새가 피어올랐다. 벌써 누렇게 변해버린 들판이 그녀의 눈앞에 펼쳐졌다. 칼날에 의해 베어진 그들의 주검이다. 뿌리가 살아있는 한 언젠가 꽃을 피우겠다는 그들의 필사적인 노력이 무참히 짓밟혀졌다. 쓰러진 그들 위로 물에 떠밀려 온 쓰레기까지 함께 뒹굴고 있었으니, 공원을 관리하는 처지에서는 그냥 둘 수 없었을 것이다. 그래도 가슴 한구석이 허전하고 아쉬움의 물결이 일렁거리는 것을 어쩔 수 없는 노력이다.

며칠 동안 밤 산책을 포기한 그녀는 책을 읽으며 마음을 다독거렸다. 세월 따라 침침해진 눈을 위한다고 일찍 잠자리에 들었다. 그리고 그녀는 새벽 4시에 눈을 떴다. 새벽 4시가 되면 어김없이 새 소리가 들린다. 한두 마리가 아니라 모든 새들이 약속이라도 한 듯 일제히 울어댄다. 소리도 다양하다. 그들의 하루는 이른 새벽부터 시작된다. 한 시간 정도 분주하고 소란스럽다. 그리고 다음 타자는 매미들이다. 매미들의 소리는 고음에 가깝다. 특히 올해는 유독 매미들이 참 많다.

아침에 거실로 나오면 그다지 반갑지 않은 물체가 그녀를 기다리고 있다. 어김없이 오늘도 녀석은 그녀를 쳐다보고 있었다. 정면으로 보고 있는 게 틀림없었다. 물론 녀석의 눈을 똑바로 본 적은 없다.

모른 척 그녀는 부엌으로 들어가 물 한잔을 마신다. 그리고 냄비에 달걀 2개를 넣고 냉장고에서 과일을 꺼내 물로 뽀드득, 뽀드득 씻는다. '널 의식하지 않아.' 스스로 최면을 건다. 간단하게 아침을 먹고 설거지를 끝낸 후 드립커피 한 잔을 내려 거실로 간다. 그러는 동안에도 녀석은 미동 하나 없이, 아침에 보았던 그대로, 자세하나 흐트림 없이 마치 그 자리에 원래 있었던 장식물처럼 있다.

8월로 접어들면서 매미들은 아예 밤낮을 가리지 않고 울어댔다. 어떤 날은 방충망에 붙어 울어대는 매미도 본다. 가까이 가면 녀석은 더 높은 소리로 운다. '이런, 너의 짝이 아니란다.' 경계 없이 그녀의 움직임을 보고 있다. 아주 살짝 녀석을 건드렸다. 비로소 자신이 잘못 찾아온 곳이라는 걸 아는지 황급히 날아가 버렸다. 그런데 저 녀석은 왜 소리를 내지 않는 것일까.

'죽은 걸까?'

요즘 그들의 주검의 흔적을 길바닥, 온천천 산책길, 화단에도 쉽게 볼 수 있다. 아직 삶의 목적을 이루지 못한 매미들만이 나뭇가지에 다닥다닥 붙어 있다. 간격을 둔 그들은 자신의 짝을 향해 끊임없이 구애를 보내고 있다. 넘쳐나도록 많은 매미의 삶이다.

어제도 한 녀석을 저세상으로 보냈다. 그럼, 오늘도 죽음 의식을 치러야 하나? 머릿속이 복잡한데 쉴 새 없이 우는 저 삶의 목소리는 또 무어란 말인가? 나뭇가지에 다닥다닥 붙어 있는 암컷과 수컷, 그들의 구애와 교미 그리고 생의 마지막 순간의 정적.

저들은 오늘을 산다. 그리고 또 한 생명체가 떠날 것이다. 새 생명을 위해서 기꺼이 자신의 자리를 물러줄 것이다. 너도 세상에 나온 사명을 다하고 생을 마감한 것일까. 베란다 방충망에 붙어 있는 너는 살아 있는 것일까. 가까이 가보았다. 매미는 움직일 생각이 눈곱만큼도 없어 보였다. 천천히 녀석의 곁으로 바짝 다가갔다. 하지만 녀석은 움직이지 않았다. 녀석을 살짝 건드려보았다. 그랬더니 '툭!' 하고 아래로 떨어졌다. 죽음이다! 한 생을 다한 것이다. 짝을 찾고 그의 후손을 남기는 사명을 마친 뒤 미련 없이 세상을 떠난 것이다.

제대로 꽃을 피우지 못했던 코스모스와 세상에 나온 목적을 위해 사력을 다했던 매미 역시 죽음을 피할 수 없었다. 자연의 순리대로 살아야지 하면서도 순리대로 살아가지 못하는 삶의 현장을 종종 보게 된다. 이 또한 삶의 한 부분이라고 생각해보려고 하지만 오늘만큼은 잘 모르겠다. 인간 세상 역시 허망하게 목숨 잃은 사람들을 보니 더욱 삶을 모르겠다. 그래도 살아야만 한다면 그저 주어진 삶이니 열심히 사는 수밖에 없다. 그렇게 위로가 아닌 위로를 하는 여름날 아침이다.

5장

두루별이

푸른 별이 문을 두드립니다

　뜨거운 태양이 대지를 달구고 있다. 열어둔 창으로 들어오는 한 줌의 공기에서 가쁜 숨을 토해낸다. 푸른 잎사귀 나뭇가지 어디쯤에서 울어대는 저 매미도 한철이 지나면 사라지리라. 바람과 매미 소리에 빠져 있을 때 누군가 문을 두드렸다. 열대야에 잠 못 이룬 밤을 보낸 탓에 나는 덜 깬 눈을 비비며 문을 열었다. 문 앞에 당신이 서 있었다. 당신의 표정을 바라보고 무언 속에 들리는 당신의 소리를 들었을 때, 비로소 그동안 무심했음을 깨달았다. 그리고 그 먼 거리를 힘겹게 왔을 당신에게 미안함이 몰려왔다.

　6억여 년 전 지구는 눈덩이로 뒤덮여 있었다. 약 5,500만 년 전에 공룡시대가 사라지고 작은 포유류들이 지구에 살아남아 그들의 세상이 되었다. 지금보다 10℃ 이상 높은 뜨거운 온실 상태였던 당시 남극과 북극에는 얼음이 사라졌다. 북극곰 대신 울창한 야자수 아래

포유류들이 쉬고 있었고, 물속에서 악어가 수영하였다. 이산화탄소의 양도 지금 400ppm보다 5~6배 정도 많았다. 그러나 지구는 다시 한번 변신한다. 불덩이 같은 지구는 다시 추워지더니 남극대륙이 형성되었고 빙하시대로 접어들었다. 지구는 얼었다 녹기를 반복하면서 살아가고 있었다.

한편 35억 년 전 바닷속에서 오늘날 지구의 대부분 생명체가 숨 쉴 때 필요한 산소가 생성되었다. 바로 돌연변이 박테리아이다. 시아노박테리아는 최초로 광합성을 하는 박테리아다. 시아노박테리아는 대기에 산소를 대량으로 공급해준 생명체다. 바다의 산소 공장인 시아노박테리아에서 생성된 산소가 대기 중에 널리 채워지기까지 또 다시 10억 년 이상의 세월이 걸렸다. 시아노박테리아의 산소 덕분에 지상의 생명체들이 활발하게 종족을 번식하며 살았다. 지구는 그 어디에서도 볼 수 없었던 푸른 별이 되었다.

그런데 인간은 지구를 그대로 두지 않았다. 만물의 영장이라며 그들은 자신들의 삶에 맞게 자연을 파괴하고 변형시키거나 새로운 것을 창조하였다. 문명의 좋은 면도 분명히 있지만 파괴된 자연, 폐기물, 쓰레기, 매연, 썩지 않는 플라스틱이 지구를 병들게 했다. 산업혁명 이후 지구의 온도가 약 1℃ 상승했다.

요즘 그 어느 때보다 기후변화에 관한 기사와 뉴스를 자주 접한다. 세계 곳곳에서 이상기후로 인해 점차 사람들은 지구의 위기를 생각해보게 되었다. 해마다 산불, 큰 가뭄, 더위, 홍수 등 이상기후들이 동시다발적으로 세계 곳곳에서 일어나고 있다. 해수면 온도가 상승하는 엘니뇨현상이 빈번하게 발생하여 남미에 많은 비가 내렸고 동남아시아와 오스트레일리아 등에는 심한 가뭄을 안겨주었다. 우리는 이미 지구가 점점 뜨거워지고 있다는 사실을 인지하고 있다. 하루가 다르게 이상기후들을 직접 경험하거나 지구촌 곳곳에 일어나는 일들을 간접적으로 접하고 있기 때문이다.

그 이전에도 지구가 시름 하는 소리를 사람들이 들었다. 어떤 이는 책으로 어떤 이는 영화로 지구의 위험성을 나타내기도 했다. <인터스텔라>는 2050년 지구의 모습을 담아낸 영화다. 흙먼지 바람이 부는 사막에서 유일하게 경작해서 먹을 수 있는 작물은 옥수수뿐이다. 멸종 위기에 처한 지구를 대신할 행성을 찾아 우주여행을 떠나는 주인공 쿠퍼는 이렇게 말했다. "우리는 답을 찾을 것이다. 늘 그랬듯이."

기후변화로 인한 식량문제는 어제오늘 일이 아니다. 우리나라도 오래전부터 이상기후와 극심한 굶주림과 싸웠다. 『조선왕조실록』에 의하면 조선은 1480년대 중반부터 1760년경까지 약 280여 년간 계속된 소빙하기의 대재난으로 농산물 감소와 전염병이 발생하였다. 경술(1670)과 신해(1671) 두 해 동안 이어졌던 경신 대기근은 조선 시대를 통틀어 가장 참혹한 기근으로 기록된다. 이 무렵 이상저온현상이 극심했는데 이 시기가 바로 '소빙하기'였기 때문이다. 1695년(숙종 21)과 1696년에도 큰 기근이 들었는데, 이를 을병 대기근(乙丙大饑饉)이라고 부른다. 을해년(1695) 이후, 기근과 전염병으로 사람들의 삶은 그야말로 참혹했다. 당시 조선의 전 인구 24.5%가 사망하였고 사람들은 살기 위해 뿔뿔이 흩어졌다.

소빙하기는 한여름에도 겨울옷을 입을 정도로 추웠다. 1만 년 전 마지막 빙하기 이후에 나타난 가장 추운 날씨다. 지구의 대기권으로 끌려 들어온 운석 무리가 몰고 온 먼지는 태양의 힘을 약하게 하였으며, 지구의 온도를 급격하게 내려가게 하여 한파와 홍수로 인해 농작물의 피해가 심했다.

대기근은 천재(天災)이다. 그러나 국가는 이전부터 조짐을 보였던 이상기후와 거듭되는 재난에 대비하지 못한 책임을 면하기 어렵다. 갈수록 심각해지는 기후 위기로 인해 발생되는 각종 문제에 대하여 기후적응 기술을 제대로 개발하고 적용하지 않는다면 경신 대기근과 같은 재난은 앞으로 얼마든지 발생할 수 있다. 그렇게 되지 않도록 우리가 준비할 수 있는 일을 계속해야 한다. 심대한 재난이 닥치더라도 인간의 존엄을 위해 세계 공동체 구성원이 어떻게 하느냐에 달려있다. 그렇다. 우리는 기후 위기로 인한 식량 위기를 타개할 방안들을 미리 차근차근 마련해 나가야 한다.

오래전 <설국열차>라는 영화를 본 적이 있다. 그때 나는 환경문제를 심각하게 받아들이지 않았다. 뜨거운 지구를 살리기 위해 온도를 낮추고자 살포했던 'CW-7'은 오히려 지구를 빙하기로 만들었다. 빙하로 뒤덮인 산악지대를 17년째 열차가 달리고 있다. 유일하게 인간이 살 수 있는 공간인 기차 한 대에도 불평등이 있었고, 어느 순간 그들의 갈등 또한 폭발한다. 인간의 존엄성마저 상실되는 상황을 보여 준 영화를 보면서 막연히 영화일 뿐이라고 생각했다. 그러나 요즘 지구촌의 이상기후 징후들을 보면 현실이 될 수도 있다는 것을 느낀다.

그렇다면 지구를 살리기 위해 우리가 할 수 있는 일이 무엇일까?

이상기후가 발생함에 따라 온실가스 배출량을 줄이고 에너지 사용을 줄여야 한다고 생각한다. 그러나 이것만으로 과연 기후변화를 막을 수 있을까. 지구의 평균 온도 15℃를 수백 년 동안 유지했으나 현재 4%가 상승했다. 국제식물보호협약(International Plant Protection Convention, IPPC)은 1991년 4월 3일 식물 병해충의 유입 및 만연을 방지하기 위해 긴밀한 국제협력을 도모하고자 설립된 식량 농업 기구 산하 기구이다. IPPC 보고서에 의하면 온실가스를 줄이려고 노력하지 않는다면 2100년까지 3~5℃ 상승할 수 있다고 한다. 이렇게 되면 지구는 돌이킬 수 없는 상태로 변하게 된다. 태풍, 홍수, 해일, 산불, 가뭄, 무더위, 전염병 등의 자연재해로 인간의 건강을 직접적으로 위협할 뿐만 아니라 생태계도 파괴된다.

2023년 여름은 그 어느 해보다 혹독했다. 6월부터 시작된 장마와 집중호우가 7월 중순까지 이어졌고, 이로 인해 많은 인명과 재산피해도 막대했다. 그러나 숨을 돌릴 새도 없이 전무후무 폭염이 닥쳐오면서 사람들을 지치게 했다. UN은 지구가 끓고 있다면서 현재 지구온난화 시대에서 열대화 시대로 접어들었다고 경고했다. 미국, 멕시코, 남유럽, 중국 등 여러 나라에서 50도에 달하는 불볕더위가 발생했다. 미국 서부 등지에 산불이 늘어났다.

국제환경보호단체 그린피스(Green Peace)의 광고에서 북극곰이 인간에게 말한다. 북극곰을 걱정하지 말고 당신들이 현재 일어나는 끔찍한 기후변화에 관심을 두고 막아달라고 한다. 북극곰은 녹고 있는 빙하에서 어떻게든 살아남을 테니 당신들은 지구온난화를 막는데 집중해달라는 것이다.

나는 부엌에 있는 시간이 많다. 대부분 음식 재료 구매부터 요리까지 내가 한다. 물론 가끔 남편과 아이들도 요리한다. 채소는 집 앞에 있는 채소가게에서 소량씩 사 온다. 양파, 파, 버섯 등을 다듬고 남은 자투리를 깨끗이 씻어 말린 후 냉동실에 보관했다가 일주일에 두 번 채수를 내는 데 쓴다. 아이들이 채식에서 비건으로 바뀌면서 우리 집 냉장고에는 육류, 생선이 없다. 주로 두부, 콩, 버섯, 제철 과일, 채소들이 냉장고 안을 차지한다. 밖에서 사 먹을 수 있는 채식 음식이 많지 않기 때문에 주로 집에서 만들어 먹어야 한다. 그나마 요즘 채식하는 사람들이 늘어나면서 채식 식당이 하나둘 생겨나고 마트에서도 채식주의자를 위한 식품들이 나오는 추세다. 하지만 가격이 만만치 않다. 또한 채식 식당이 생겨나고 있지만 대도시가 아니면 쉽게 식당을 찾기도 쉽지 않다.

물론 나는 처음부터 채식 위주의 식단으로 음식을 만든 것이 아니다. 몇십 년 동안 익숙한 음식 재료 대신에 채식 재료 구매부터 요리과정까지 쉽지 않았다. 그래도 하나씩 만들다 보니 웬만큼 할 수 있는 요리들이 생겼다. 채식용 맛간장, 각종 소스를 시작으로 콩과 두부로 할 수 있는 요리, 버섯을 이용한 다양한 요리를 하게 되었다. 그래도 나는 가끔 밖에서 사람들을 만나면 육류를 섭취하고 생선을 먹는다. 아이들이 비건이지 나는 아직 아니다. 먹어야 할 때 육류든 생선이든 먹되 그 빈도를 조금씩 줄일 뿐이다.

또한 1종 보통 운전면허증이 있지만 내 명의로 된 자동차가 없다. 집 앞에 지하철이 있고 사방팔방 통하는 버스가 다니고, 기차역과 공항은 대중교통을 이용해 얼마든지 갈 수 있다. 그래서 굳이 운전할 생각도 없다. 걷거나 대중교통을 이용하면서 사람들을 만나고 세상 사는 이야기를 듣는다. 그리고 바깥 풍경을 보고 생각할 수 있는 여유가 있어 좋다. 면허증을 따고 아주 잠깐 운전했을 때, 제일 힘든 부분이 바로 운전하면 주위를 둘러볼 여유가 없다는 것이다. 오로지 운전대와 백미러에 온 신경이 집중되어야 했다. 어쨌든 환경을 위해 내가 할 수 있는 부분은 실천하려고 한다.

분명 기후 위기에 처해 있는 지구이지만 우리는 지금까지 지구에서 살아남았다. 예전에 굳이 농사를 짓지 않아도 먹을 수 있는 열매가 곳곳에 있었고 얼마든지 잡을 수 있는 물고기가 있었다. 그러나 빙하기가 막을 내리던 기원전 1만 년을 전후해 이상기후가 발생했다. 더는 수렵과 채집으로 먹고살 수 없었던 사람들은 땅을 일구고 씨앗을 뿌렸으며 가축을 키워야 했다. 선조들은 식량 위기를 그들만의 해결 방법으로 극복했다.

그렇다. 우리는 지구에서 살아남기 위해 그 해답을 찾을 것이다. 하지만 그 답을 찾기 위해 고민하고 실천하는 몫은 다름 아닌 나부터 시작되어야 한다. 그리고 자신에서 우리로 그 범위를 차츰 확장해 나가야 한다. 다행히 지구를 살리기 위해 세계 각국이 함께 노력하고 있다. 우리는 그들을 믿고 지지하고 응원해야 한다.

뒤돌아서서 터벅터벅 걸어가는 당신의 뒷모습을 바라보며 다짐했다. 다음에, 이다음에 당신이 나를 찾아온다면 그때는 말갛게 세수를 한 얼굴에 환한 웃음을 담아 당신을 맞이할 것이다. 그때까지 당신이 잘 살아내기를, 나 역시 잘 살아가기를 소망해본다.

도둑맞은 인생

딸아이가 모기에 물려 벌겋게 부어오른 오른팔을 내밀어 보인다. 한겨울인데도 모기떼가 극성이다.

모기는 겨울에도 살아가는 방법을 너무나도 잘 알고 있다. 모기와의 한판 대결은 쉽게 끝나지 않는 싸움이다. 모기는 교묘하게 사람들을 조종하고 종족 번식을 빠르게 진행한다.

모기는 말한다. 비록 사람의 피를 훔쳐 먹고 살지만, 그 자리마다 흔적을 남기니 정직하다, 적어도 우리는 내가 그랬다고 솔직하게 말한다. 그런데 당신들은 잘못해도 숨기기에 급급하지 않았냐며 오히려 반문한다. 자신들은 정직한 도둑이지만 당신들은 가면을 쓴 도둑이다. 사람들이 가장 많은 죄를 짓고 욕망의 덩어리에 사로잡혀 살고 있다면서 사람들에게 되레 묻는다.

인간이 처음부터 욕망에 사로잡히거나 죄를 짓고 살지는 않았다.

인간이 지구에 그 모습을 처음 드러냈을 때 본성은 자연 그 자체였다. 그러나 문명이 발달하면서부터 계급이 생겨나고 신을 믿었던 인간은 신을 의심하기 시작했다. 그리고 마침내 인간의 힘으로 세계와 우주를 조정하겠다고 생각하였다.

인간은 사회 번성을 이룩하였고, 보편적 이념과 기준을 만들어 냈으며 통치자들은 권력을 행사하였다. 인간 사회라는 거대한 조직체로 이룬 그 순간부터 인간은 구분되었고 배제되었으며 억압이 뒤따랐다. 사회가 만든 테두리와 장치의 범위 안에서 행하는 행위만이 바람직한 것으로 받아들여졌다.

사회가 발달할수록 인간은 물질적으로 풍요로워졌다. 삶이 윤택해졌고 사회는 더없이 평화로워 보였다. 부와 명예는 달콤하기 그지없었다. 사회가 만든 테두리에서 벗어나지 않는다면 별 무리가 없다. 그러나 시간이 지날수록 이면에 자리 잡은 문제점들이 하나씩 드러나기 시작했다. 빈부격차가 심해지고 착취, 억압, 불평등이 무겁게 자리 잡고 있었다.

'나'라는 존재는 각각 다르다. 법과 도덕은 인간이 만들어 낸 기준에 불과하다. 보편적 이념과 기준은 인간의 편의를 위해 만든 장치에 불과하다. 현실을 들여다보면 미래를 꿈꾸기보다는 당장 생계 위험에 부딪히고 있다. 당장 일을 하지 않으면 먹을 것이 없다. 특히 자본주의 사회에서 일하지 않는 자는 먹고살기가 힘들다. 그렇다고 인간들이 부와 권력을 가졌다고 해서 행복한 것도 아니다. 사회가 발달할수록 인간의 정신은 피폐해졌고 경쟁은 더욱 치열해졌다. 진정한 자유와 평화가 없다.

카페나 식당에 가면 자주 볼 수 있는 풍경이 있다. 엄마들은 갓 돌도 되지 않는 아이에게 스마트폰으로 아이가 좋아할 만한 영상을 보여주면서 이유식을 먹인다. 아이가 이유식을 먹는 것인지 기계 속에 푹 빠져 있는 것인지 모호하다. 엄마는 아이의 입에 이유식을 떠먹여주고, 아이는 화면에서 눈을 떼지 않는다. 그곳에는 엄마와 아이의 대화가 없다.

아이들이 학교에 들어가도 마찬가지다. 초등학교부터 대학교에 들어가기 위해서 공부한다. 대학교에 들어가도 학교는 취업을 위한 공간이 되어버린다. 아이들은 '우리' 속에서 경쟁하여 살아남아야 한다고 어릴 적부터 세뇌당한다. 가정에서도 내 자식만 잘되면 된다고 생각해서인지 인성교육이 없다.

아이들은 부모가 정해준 계획에 따라 움직인다. 자신이 생각하고 판단하는 '자아'가 없다. 아이들은 자기가 바라는 것이 무엇인지 생각해볼 시간을 가져본 적이 별로 없다. 그래서 진정 자기가 바라는 삶을 제대로 알지도 못한다.

부모들은 자식들이 안정되고 보장되는 삶을 살기 바란다. 자식들도 모험이라는 것을 해본 적이 없어서 새로운 길을 모색하지 않는다. 물론 모두가 그런 것은 아니다. 자식들이 주체적으로 살기 바라는 부모도 있고 자식들도 그렇게 사는 예도 있다. 그것은 '우리'에서 벗어나 과감히 '나'의 길을 걸어가기 때문이다. 그런 그들이 있어 세상은 강요와 억압이 아니라 주체적으로 움직일 수 있는 것이다.

노자의 도덕경 1장에 "도가도 비상도, 명가명 비상명(道可道 非常道, 名可名 非常名)" 이라는 구절이 있다. "도를 말해질 수 있으면 진정한 도가 아니며, 이름을 개념화될 수 있으면 진정한 이름이 아니다."라는 뜻이다. 어떤 것을 정의 내리고 구분하는 것만이 완전한 것인가. '나'가 없는 '우리'만이 있는 사회가 진정한 사회일까. 진정한 자유와 평화는 자기의 삶 속에 존재해야 한다. '나'가 모여 '우리'가 되어야 한다.

행복하고 건강한 삶이란 어떤 것일까. 자신이 만든 꿈이라면 과감히 도전하고 비록 실패가 따르더라도 당당하게 다시 일어서면 된다. 위대한 우주 아래 살아가는 유일한 존재인 내가 꿈꾸고 '나'가 되어 주체적으로 살아가면 되는 것이다.

오늘이 없는 삶은 미래도 없다. 오늘이 행복해야 내일도 행복하다.

이방인

소금기로 칭칭 감아버린 해초 내음이 실려 왔다. 이곳에 머문 지도 며칠이 되어간다. 창을 열면 하늘과 구름, 나무 끝자락이 보인다. 바람이 푸름을 불러일으킨다. 창문 아래는 풀들이 바람에 의해 파도처럼 너울거리고 있다. 허느적 몸을 흔드는 잎사귀 사이로 색색의 나비들이 모여들었다. 풀벌레가 그늘에서 낮잠을 자고 밤이면 노래를 부른다. 삶이 오간다.

어쩌다 낯선 곳에 잠시 정착한 나는 주어진 시간을 즐겼다. 언제 이런 시간이 주어지랴. 낯선 도시, 낯선 사람들, 낯선 거리, 낯선 풍경 그리고 그곳에서 잠시 머무는 이방인. 바로 나, 이방인이다! 식당에서도 카페에서도 낯선 대화들이 오간다. 귀에 익숙하지 않은 소리를 알아들을 수가 없다. 그래도 좋다. 그들과 융화되지 못하더라도 낯섦이 오히려 행복하다.

낯선 곳에서 이러고 있는 나는 새로운 자아를 발견한다. 긴 장마가 끝난 뒤 하얀 구름을 몰고 온 새파란 하늘이 비치는 날에는 작은 공원의 벤치에 앉아 책을 읽고 글을 쓴다. 오직 고요만이 있는 세계다. 편함이 몰려왔다. 그동안 부지런히 달려온 시간을 이제는 잠시 내려놓을 수 있는 여유를 가졌다. 아니다. 아직도 바삐 움직여야 하지만 지금은 그러고 싶지 않았다. 그래서 자의적으로 이런 시간을 가지려고 하는지도 모른다.

골목으로 나왔다. 골목은 조용하다 못해 빈 들녘에 서 있는 것만 같다. 그것도 그런 것이 아직 이곳은 진행 중인 마을이다. 정해진 구역마다 원룸과 상가가 들어서기도 했지만 빈 토지들이 더 많아 황량하다.

그 사람의 퇴근 시간을 기다리기 위해 작은 공터에 마련된 놀이터로 갔다. 긴 나무 의자에 앉았다. 손바닥만 한 시집을 펼쳤다. 그러나 곧바로 시집을 덮어버렸다. 아직 해가 많이 남아 있었지만 분명어둠이 스멀스멀 걸어오고 있었다. 바람의 향기에서 느껴지는 공기가 달랐기 때문이다. 이럴 때 눈을 감고 온몸을 자연에 맡기는 게 더좋다.

얼마나 있었는지 모르겠다. 벨 소리에 눈을 뜨니 만날 시간을 놓쳐버린 걸 그제야 알았다. 천천히 일어나 골목길을 돌아 그를 만났다. 우리는 조금 이른 저녁을 먹기로 했다. 식당 밖으로 나온 의자마다 사람들로 가득 차 있다. 즐비한 식당 골목길을 한참 돌다 조용해 보이는 식당으로 들어갔다. 아뿔싸! 만석이다. 겨우 자리를 차지한 우리는 주위를 천천히 둘러보았다.

잿빛 근무복을 입은 남자들이 고기를 굽고 술잔을 기울고 있었다. 소리가 낯설다. 말쑥하게 차려입은 남자와 원피스를 입은 여자를 그들은 힐긋힐긋 쳐다보았다. 그렇다. 이곳은 그들의 일터와 가까이 있었고 주변의 집들은 그들이 사는 공간이었다. 우리가 그들이 낯설 듯 그들 역시 우리가 낯설다. 다행히 그들은 우리에게 두었던 눈길을 이내 거두고 그들만의 세상으로 다시 돌아갔다.

우리가 그들의 삶 속으로 들어설 수 없듯 그들도 우리 삶 속으로 들어올 생각이 없다. 낯선 고장과 낯선 사람들로 가득 찬 중소도시에서 그들에게 우리는 그저 이방인일 뿐이다. 왜 그때 나는 카뮈의 소설 『이방인』을 떠올랐는지 모른다.

아랍인을 죽이려는 의도가 없었지만, 태양 때문에 방아쇠를 당겼다는 뫼르소의 변명은 사형선고 앞에서는 허공의 메아리였다. 살해를 저지른 그 날은 무거운 바다와 뜨거운 바람, 끓어 넘치는 태양 때문에 심한 두통에 시달렸다. 살인범으로 체포되었음에도 어머니의 장례식 때 울지 않았다는 이유로, 어머니 관 앞에서 담배를 피웠기 때문에, 장례식이 끝난 다음 날 여자 친구와 해변에 놀러 가거나 희극 영화를 보고 정사를 나눴다는 이유로 사람들은 뫼르소에게 죄를 물었다.

카뮈는 바다(Mer)와 태양(Soleil)을 합쳐 소설의 주인공을 '뫼르소 (Meursault)'라는 이름으로 정했다. 카뮈는 뫼르소를 다음과 같이 소개했다. 우리 사회에서 자기 어머니의 장례식에서 울지 않은 사람은 누구나 사형선고를 받을 위험이 있다. 나는 다만 이 책의 주인공은 유희에 참여하고자 하지 않았기 때문에 유죄 선고를 받았다고 말하고 싶었다. 그런 의미에서 그는 자기가 사는 사회에서 이방인이며 사생활의 변두리에서 주변적인 인물로서 외롭고 관능적으로 살아간다. 거짓말을 할 줄 모르고 있는 그대로 자신의 감정을 말하는 인물이 바로 뫼르소라고 하였다.

어머니의 죽음으로 시작한 소설은 뫼르소의 죽음으로 끝난다. 죽음도 삶의 일부분이다. 부조리와의 적당한 타협, 외부로 들어내지 않은 감정과 생각들 또는 부단히 부조리에 대항하는 사람들. 정답이 없다. 정답은 사람들의 합리화에 의해 만들어질 뿐이다. 각자의 공간에서 자기만의 방식대로 삶을 살아가는 사람들이다. 보이지 않지만 소리로써 그 존재감을 인지하며 많은 시간을 타인처럼 보냈던 날들. 스쳐 지나가는 인간관계보다 무심함이 내재하고 있는 것이 현재를 살아가는 우리의 삶일지 모른다. 공중을 향해 뻗어 올라가는 주거공간은 수직적이다. 함께 손을 맞잡고 얼굴을 보고 눈을 마주 보며 이야기할 수 있는 수평적인 생활이 아니다. 우리의 삶은 수직적이고 올려다보고 내려다보는 그런 관계가 되어버린 지 오래다.

왁자지껄한 소리가 들려왔다. 조용한 식사도 대화도 불가능해졌다. 우리는 서둘러 밥을 먹고 밖으로 나왔다. 숨이 쉬어졌다. 심한 두통도 가라앉기 시작했다. 태양을 집어삼킨 어둠이 저벅저벅 걸어왔다. 익숙하지 않은 에움길에서 바다 냄새가 몰려왔다. 하늘에는 별들이 총총 빛을 발하기 시작했다. 풀벌레 소리가 들리는 길을 계속 걸었다. '훅'하고 스치는 바람이 머리카락을 쓸어 주고 지나갔다. 눈이 마주친 우리는 서로 멋쩍어하며 웃고 말았다.

종이배를 띄우다

　최근 들어 잠이 부쩍 줄었다. 아침이 오려면 멀었는데도 새벽이면 눈이 떠진다. 예전 같으면 차 한 잔 마시면서 책을 읽거나 글을 썼지만 지금은 멀뚱히 천장만 바라보고 누워있다.

　간단하게 아침을 먹고 출근하는 남편을 배웅하면 오롯이 혼자다. 몇 개 안 되는 그릇을 씻고 청소를 한다. 한 시간이면 족하다. 아이들이 있을 때는 어질러 놓은 식탁과 방들을 치우고, 청소와 빨래를 하고 나면 오전의 시간이 훌쩍 지나갔었다. 그때는 문화센터나 모임에 나가기도 했다. 아이들 올 시간에 맞춰 저녁 찬거리를 잔뜩 들고 오면서도 활기가 있었다.

　그렇게 살다 보니 어느새 남편은 남편대로 아이들은 아이들대로 그들만의 세상을 가지고 있었다. 그때서야 '나'라는 존재에 관해 물음과 삶의 권태를 느꼈다. 이것이 내 인생이거니 하면 스스로 체념한 채 살아가기에는 아직 살아갈 인생이 너무 길었다.

누구나 우울한 마음 한 조각을 지니고 산다. 때론 존재의 가치에 대해 회의가 들기도 할 것이다. 젊었을 때의 열정적인 사랑도 어느새 일상에 젖어 한 끼의 식사처럼 단조로움에 젖고 만다. 인생에 사랑이라는 것을 빼 버린다면 얼마나 공허하고 무미건조할까?

사랑은 묘약과 같다. 때로는 신선한 충격 같고 삶의 활력소 같은 청량제다. 마셔도, 마셔도 갈증 나게 하는 것이 바로 사랑일지 모른다. 마음 한 켠에 사랑의 씨앗 한 톨을 심어 보기로 했다. 흙과 거름으로 다진 밭에 작은 씨앗을 심어놓고, 싹이 돋기를 기다리며 물을 주고 정성을 다해 길렀다. 열정적으로 사랑했던 한 사람을 지금까지 사랑할 수 있었던 것도 마음에 사랑이라는 씨앗을 심어 매일매일 정성을 다해 키우고 있어서가 아닐까.

살다 보면 때로는 비바람에 흔들리거나 뜨거운 태양에 숨이 차 혈떡거리거나 시들기도 할 것이다. 하지만 아침이면 태양이 떠오를 것이고 나는 우뚝 서서 태양을 바라볼 것이다.

결혼하고 아이를 낳고 기르면서 바쁘게 살아 온 몇십 년 세월을 슬퍼하지 않기를 바란다. 그래서 인생을 다시 꿈꾸었다. 문화센터도 나가고 미루고 있던 공부도 다시 시작했다. 그렇게 하는 이유는 나만의 행복이 아닌 가족이라는 울타리를 행복하게 꾸미기 위해서였다.

집에 누구 한 사람이라도 병들면 그 집의 분위기가 우울할 수밖에 없다. 건강하고 활기 넘치는 가정을 위해서라도 먼저 내가 건강해야 한다. 그러기 위해 산책하고 책을 읽고 도움이 필요한 곳에 작은 손길 하나 더하며 즐겁게 살아갈 것이다.

담쟁이

어둠이 찾아오고 하늘이 캄캄해지면 등불을 끈다. 방바닥에 누워서 창밖의 하늘을 올려다본다. 넓은 창 너머로 반짝반짝 별들이 빛났다. 가을이 깊어가는 밤에 풀벌레 소리만이 들리는 낯선 곳에서 또 하룻밤을 보낸다.

들판에 들어선 공간에서 잠시 쉼을 택했다. 새로운 가족을 만들면서 그동안 열심히 살아온 자신에게 주는 선물이다. 혈연 또는 결혼으로 맺어진 공동체인 가족, 가족이라는 단위로 묶어진 생활공동체 가정을 우리는 쉽게 외면할 수 없고 벗어날 수 없다. 작게는 부부와 자식, 크게는 부모 형제로 구성된 가정을 무시하며 살 수 없다.

결혼하고 친정이 아닌 시댁으로 편입되면서 늘 나만 참으면 되지 않을까, 라는 의문과 느낌표로 지내왔다. 내 바람은 가정의 평화였고, 그래서 감내할 몫이 점점 더 커졌는지 모른다. 단잠을 자 본 적이

별로 없다. 해야 할 것, 할 수밖에 없는 일들이 꼬리를 물면서 생각에 생각을 더했다. 늘 걱정과 불안 속에서 지냈던 시간이었다. 불안은 무언가를 시작할 때나 무언가를 할 때 가지는 감정 중 하나이다. 우리는 확신에 찬 기대감으로 시작할 수도 있고 혹은 불안한 마음으로 조심스럽게 첫발을 내디딜 수 있다. 시작을 한다는 것은 앞으로 나간다는 것이다. 이것도 저것도 아닌 생각에 사로잡혀 있을 때 우리는 괴롭다.

지금, 이 순간에도 저마다 짐을 지고 살아가는 사람들이 있을 것이다. 하지만 고통이 찾아오면 어금니를 꽉 깨물면서 참지 말고 당당하게 말해야 한다. '신은 감당할 수 있을 만큼의 고통과 짐을 준다.'라고 한다. 그 말에 긍정도 부정도 할 수 없다. 하지만 짊어진 짐의 무게가 무겁다면 주위에 도움을 청하고 손을 내밀어 보자. 그러면 누군가 그 손을 살며시 잡아주는 사람이 있을 것이다.

사랑의 의미와 색깔 그리고 형태는 사람마다 다르지만 나보다 상대방을 먼저 생각하는 것이다. 인간의 본성은 원래 이타적(利他的)이라고 한다. 미국 신경학자들의 연구에 따르면 좋은 일을 할 때마다 뇌를 스캔한 결과 뇌의 전두엽 피질의 활성화가 점점 높아짐을 확인했다. 이는 이타심이 사람들의 뇌에 내재하여 있음을 보여 준 결과다. 그렇다. 사랑의 밑바탕에 상대방을 먼저 생각하는 배려가 깔려 있다. 하지만 나보다 상대방을 먼저 생각하고 배려하는 것보다 선행

되어야 할 것이 있다. 자신을 먼저 사랑하고 배려할 줄 알아야 하며 용서할 줄 알아야 한다. 스스로 행복의 샘을 만들어 그 샘물이 흘러 흘러 다른 사람에게 닿도록 해야 한다.

　중소도시에 위치한 '담쟁이빌'에서 일 년간 월세로 살아보기로 했다. 창문을 열면 묵정밭에서 생명의 소리가 들리고 간혹 도롱뇽이 발코니를 침범하는 경우가 종종 발생한다. 도롱뇽을 처음 만난 날이 생각난다. 발코니로 나가는데 문틀 사이로 뭔가 움직였다. 뭔가 하여 보았더니 새끼 도롱뇽이 빤히 올려다본다. 깜짝 놀란 나는 반사적으로 몸을 움직이며 소리부터 터져 나왔다. 그런 나를 아무렇지 않게 바라보는 녀석 때문에 또 한 번 움찔했다.
　놀란 감정을 겨우 진정시킨 후 다른 사람의 도움을 얻어 녀석을 다시 바깥세상으로 보내주었다. 녀석은 태어나서 처음으로 왔던 곳에 웬 여자를 만난 것이다. 그런데 그 여자가 반갑게 맞이하기는커녕 허둥지둥하는 모습을 보였으니, 쑥스러웠다. 도롱뇽은 어떤 위험이나 도망가야 한다는 생각보다는 나를 그저 지구상에 함께 살아가는 존재로 본 것이 아닐까. 그에 반해 나는 살면서 체득한 위험의 크기가 한순간에 몰려왔다. 공동체는 공동의 생활공간에 상호작용하며 유대감을 공유하는 집단이다. 지구라는 공동의 행성에 인간과 동식물을 포함한 모든 생명체가 함께 살아간다는 것을 잠시 망각했다.

인간은 살면서 존재의 물음과 세상의 부조리, 삶의 근원적 문제, 온갖 숙제들을 만나면서 조금은 단단해지고 조금은 무뎌지는 아이러니함 속에서 시간을 보낸다. 차별, 갈등, 분쟁 등 여러 가지 문제들이 산재하지만 하나의 생각이, 한 사람의 행동이 모이고 모여 작은 물살이 되어 바다로 나간다면 세상은 조금은 달라지지 않을까.

아주 작은 틈만으로도 자라는 담쟁이덩굴을 조선의 선비들은 소인(小人)으로 취급했다. 하지만 건물의 벽면을 뒤덮은 녹색 담쟁이덩굴은 고풍스럽고 운치를 더해 하나의 예술작품이 된다. 언젠가 이곳 담쟁이빌에도 담쟁이가 자라 가을날 붉은 단풍으로 아름답게 물들기를, 겨울이 오면 O.헨리의 『마지막 잎새』를 이불속에서 다시 한번 펼쳐볼 수 있기를 바란다. 아마도 폐렴에 걸린 존시를 위해 비바람이 부는 밤에 마지막 잎새 한 장을 그려놓고 세상을 떠난 베이먼의 마음과 삶의 가치를 한 번쯤 생각해보는 시간이 되지 않을까.

위로가 필요할 때

살다 보면 위로를 받고 싶은 날이 있습니다.

그때마다 사람들은 어디서 위로를 받을까요?

어떤 사람은 사람에게 위로를 받을 수 있을 것이고, 어떤 사람은 동물에게 위로를 받을 수 있을 것입니다. 요즘 집 앞 공원을 산책하다 보면 개를 데리고 나온 사람들이 참 많습니다. 토끼도 간혹 보입니다. 예전에는 어쩌다 볼 수 있었지만 지금은 이렇게 반려동물을 키우는 사람이 많나 싶을 정도입니다. 연령층을 보면 대체로 중년부터 나이 드신 분까지 많고 젊은 층도 있습니다.

삼십 년 넘게 모임을 하는 친구들이 있습니다. 일 년에 한두 번은 정기적으로 모이는데, 여덟 집 중에서 강아지나 고양이를 키우는 집이 무려 일곱 집이나 됩니다. 우리 집 말고 모두 동물을 키우는 셈입니다.

나 역시 오래전이지만 아주 잠깐 고양이를 키운 적이 있었지요.

중학생 딸이 친구 집에서 새끼고양이를 데려온 적이 있었습니다. 이름은 '라온'입니다. 의논 없이 데리고 온 새끼 고양이는 오는 날부터 내 옆에 딱 붙어 있었습니다. 아이들은 처음 며칠 동안 고양이를 예뻐하더니 이내 고양이의 치다꺼리는 엄마인 내 몫이 되었습니다.

당시 바깥에 나갈 일이 많았습니다. 문예지에서 편집장을 맡고 있었고 이런저런 문학동아리 활동도 해야 했습니다. 그런데 이 녀석을 두고 외출하는 것이 만만치 않았습니다. 옷을 입고 나갈 채비를 하면 귀신같이 알아챕니다. 옆에 와서 작은 눈망울로 올려다보며 작은 목소리로 울어댑니다. 그래도 어쩌겠습니까? 간식과 물, 대소변 자리까지 해 놓고 나갈 수밖에 없었습니다. 그리고 돌아오면 어김없이 구석에 울고 있습니다. 갓난아이 한 명을 둔 기분이었습니다.

글을 쓴다고 컴퓨터 앞에 앉아 키보드를 두드리다 보면 어느새 라온이는 발아래에서 올라오려고 애를 쓰고 있었습니다. 안쓰러워 라온이를 무릎에 앉혀 놓으면 자꾸 고개를 내밉니다. 열흘이 지나자 라온이는 스스로 컴퓨터 책상까지 올라올 정도로 컸습니다. 내가 쓴 글자들을 하나씩 지우기도 합니다. 뭐라고 하면 한 번 쓰윽 쳐다보다가 또 장난질입니다. 그리고 동글동글한 눈망울로 같이 놀아달라고 합니다.

어릴 적, 우리 집에는 고양이와 개가 많았습니다. 마루에는 항상 고양이들이 있었고, 마당에는 강아지들이 돌아다녔습니다. 닭, 병아리, 소, 돼지, 토끼까지 있었던 우리 집은 그야말로 작은 동물원입니다. 가끔 오소리도 오고, 마당에 뱀이 지나가기도 합니다. 우물가 옆소로에는 두꺼비가 오곤 하였지요. 사람도 동물도 서로에게 신경을 쓰지 않던 시절이었습니다. 그들에게는 그들만의 무리가 있었고, 이웃이 있으니 자연스럽게 각자 어울리며 지냈습니다. 서로를 건드리지도 않았고 가까이와도 경계하지 않았습니다. 그냥 함께 사는 가족처럼 지냈습니다.

어느 순간, 언니와 오빠들이 하나둘씩 집을 떠나 다른 곳으로 가듯 동물들도 떠나갔습니다. 그런데도 슬프지 않았습니다. 그때는 당연하듯 받아들였습니다. 나도 집을 떠나 도시로 나와야 했습니다. 그때 그 시절을 까마득하게 잊고 지내고 있었던 어느 날, 라온이를 만난 것입니다.

조용한 삶의 일상이 흔들리기 시작했습니다. 라온이를 두고 외출하자니 신경이 쓰여 되도록 외출을 자제하려고 했습니다. 그러나 어쩔 수 없이 밖에 나갔다 올 일이 생기면 마음이 편치 않았습니다. 그렇게 스무날을 보냈습니다.

나는 무슨 일을 결정할 때 최우선으로 생각하는 것이 있습니다. 끝까지 책임질 수 있는지, 잘되지 않아도 후회하지 않을 자신이 있는지 신중하게 생각하고 결정합니다. 사람도 동물도 마찬가지입니다. 어차피 라온이를 끝까지 책임질 수 없으면 정말 필요로 하는 사람에게 라온이를 맡기는 것이 좋을 것 같았습니다. 그렇게 찾은 사람이 군대에서 제대한 지 얼마 되지 않은 20대 남자였습니다. 고양이를 무척 사랑한다는 것을 단박에 알 수 있었습니다. 서로가 첫눈에 꼭 맞는 사이처럼 찰떡궁합이었습니다. 다행입니다. 안심하고 보낼 수 있어서 정말 다행이었습니다. 고양이의 물건들을 빠짐없이 꼼꼼히 챙겨주었습니다. 그 후 나는 동물을 키우지 않았습니다. 끝까지 책임질 준비가 되지 않았으니까요. 적어도 내가 살아 있는 동안, 내게 온 그날부터는 그들은 가족이기 때문입니다.

나는 사람이든 동물이든 쉽게 받아들이지 못합니다. 친구들이 외로워서 키우게 되었다고 하지만, 나는 그렇게 하고 싶지 않았습니다. 언젠가는 생각이 바뀔지 모릅니다. 그러나 지금은 아닙니다. 애완용이 아니라 그냥 인격체로 서로를 구속하지 않고 자유롭게 지내다 눈이 마주치면 웃고, 함께 밥을 먹고 자기의 공간에서 자고, 그러고 싶습니다.

대신 나는 식물을 기릅니다. 기른다기보다는 어쩌다 들어온 아이들입니다. 반려 식물이지요. 가끔 식물들과 이야기를 나누는 게 좋습니다. 꽃을 피우는 걸 보면 정말 고맙고, 싹이 돋아나는 걸 보면 잘살고 있구나 싶어 대견하기도 합니다. 봄이면 군자란이 피고 난이 꽃대를 올리고, 사시사철 사랑초가 핍니다. 작지만 수국도 핍니다.

사람마다 위로의 대상이 다를 것입니다. 어떤 사람은 물건에서 위로를 받을 수도 있을 것입니다. 또 어떤 사람은 책을 통해서도 위로를 받을 수도 있겠지요. 사춘기 십 대 시절, 고민 많았던 이십 대, 삶의 회의가 밀려왔던 삼십 대까지 나는 책에서 위로를 받았습니다. 해마다 책장을 정리하다 보면 열일곱 살 때, 차비를 아껴서 샀던 책을 마주하게 됩니다. 조잡한 글씨체, 엉터리 번역들, 그리고 빛바랜 속지들이지만 그래도 버리지 못하고 있습니다. 다른 책들을 그렇게 많이 정리하면서도 그 책은 차마 떠나보내지 못합니다. 방황했던 그 시절에 나를 붙잡아 주고 위로해주었던 유일한 친구였으니까요.

오늘 아침, 겨울 동안 추위를 잘 견뎌낸 군자란이 주홍빛으로 환하게 꽃을 피웠습니다. 따뜻하게 세상을 비추며 마주한 군자란이 며칠 동안 무기력하고 지쳐 있던 나를 포근하게 위로해 주었습니다.

살면서 우리는 누군가에게 혹은 무언가에서 위로를 받으려고 합니다. 그때마다 망설이지 말고 당신도 위로를 받았으면 합니다. 위로는 삶을 살아가는 에너지 같은 것입니다. 다시 살아갈 힘을 줍니다. 다시 살아가면서 받았던 그 마음을 다른 사람에게 혹은 동물이든 식물이든 돌려주면 되지 않을까요. 우리는 주는 것도 아름답지만 받는 것도 아름답습니다.

당신에게 이렇게 몇 자 적어 보내는 이 순간이 참으로 고맙고 행복합니다. 그리고 기억해 주세요. 당신이 바람처럼 오더라도 기쁜 마음으로 언제나 버선발로 뛰어나가 당신을 맞이할 것입니다. 그러니 어디에 있든 행복하게 잘 지내길 바랍니다.